ENTRE SILÊNCIOS E GESTOS

ENTRE SILÊNCIOS E GESTOS

MARCOS ARTHUR

ilustrações de ALEXANDRE MATOS

© EDITORA DO BRASIL S.A., 2016
TODOS OS DIREITOS RESERVADOS
Texto © MARCOS ARTHUR
Ilustrações © ALEXANDRE MATOS

Direção geral: VICENTE TORTAMANO AVANSO
Direção adjunta: MARIA LUCIA KERR CAVALCANTE DE QUEIROZ

Direção editorial: CIBELE MENDES CURTO SANTOS
Gerência editorial: FELIPE RAMOS POLETTI
Supervisão de arte e editoração: ADELAIDE CAROLINA CERUTTI
Supervisão de controle de processos editoriais: MARTA DIAS PORTERO
Supervisão de direitos autorais: MARILISA BERTOLONE MENDES
Supervisão de revisão: DORA HELENA FERES

Coordenação editorial: GILSANDRO VIEIRA SALES
Assistência editorial: PAULO FUZINELLI
Auxílio editorial: ALINE SÁ MARTINS
Coordenação de arte: MARIA APARECIDA ALVES
Design gráfico: CAROL OHASHI/ OBÁ EDITORIAL
Coordenação de revisão: OTACILIO PALARETI
Revisão: SYLMARA BELETTI
Coordenação de editoração eletrônica: ABDONILDO JOSÉ DE LIMA SANTOS
Editoração eletrônica: SÉRGIO ROCHA
Coordenação de produção CPE: LEILA P. JUNGSTEDT
Controle de processos editoriais: BRUNA ALVES

Dados Internacionais de Catalogação na Publicação (CIP)
(Câmara Brasileira do Livro, SP, Brasil)

> Arthur, Marcos
> Entre silêncios e gestos / Marcos Arthur; ilustrações de Alexandre Matos. – São Paulo: Editora do Brasil, 2016. – (Série toda prosa)
>
> ISBN 978-85-10-06154-4
>
> 1. Literatura infantojuvenil I. Matos, Alexandre. II. Título. III. Série.
>
> 16-03924   CDD-028.5

Índice para catálogo sistemático:
1. Literatura infantojuvenil   028.5
2. Literatura juvenil   028.5

1ª edição / 5ª impressão, 2025
Impresso na A.S. Pereira Gráfica e Editora EIRELI

Avenida das Nações Unidas, 12901 - Torre Oeste, 20º andar
São Paulo, SP – CEP: 04578-910
Fone: + 55 11 3226-0211
www.editoradobrasil.com.br

PARA DENISE, COMPANHEIRA
E PRIMEIRA LEITORA DE MEUS
TEXTOS; PARA LÁZARO E DIVA,
MEUS QUERIDOS PAIS; E PARA
MINHA IRMÃ, MÁRCIA, COM QUEM
COMPARTILHEI MUITAS HISTÓRIAS.

SUMÁRIO

A ARTE DO SILÊNCIO **09**
"E O COCOZINHO VOANDO..." **19**
CARA DE BOCÓ **29**
LADRÕES DE ROUPÕES **36**
"VOCÊ PODE, FILHO!" **50**
A PRAÇA DOS FIGOS **63**
"EU POSSO!" **72**
MEU PRIMEIRO PAPEL **79**
PLANO ASSASSINO **83**
ACABOU A BRINCADEIRA **93**
A PERFORMANCE **99**
OU TUDO OU NADA **106**
TODOS PARA A DIRETORIA **113**
TIRANDO A MAQUIAGEM **117**
MUSSE DE BANANA **123**
O DIA SEGUINTE **128**
A GRANDE SURPRESA **131**

QUANDO EU ERA PEQUENO, MEU NOME COMPLETO NADA TINHA A VER COMIGO. ALIÁS, CONVENHAMOS, NENHUMA CRIANÇA TEM CARA DE MARCEL DANTAS

A ARTE DO SILÊNCIO

Quando eu era pequeno, meu nome completo nada tinha a ver comigo. Aliás, convenhamos, nenhuma criança tem cara de Marcel Dantas Mascarenhas. Hoje, aos dezoito, quase dezenove anos, já adulto, sem crises, gosto dele e ele se encaixa bem em mim. E é, sem dúvida alguma, um nome sonoro, imponente, embora o apelido que me deram aos dez anos tenha tomado o seu lugar e ficado até hoje: *Tabó*.

Mesmo fora do Brasil (estou terminando o primeiro ano de faculdade), todos me chamam por esse apelido, só que aqui, os franceses, charmosamente, pronunciam "Tabô". A duras penas consegui uma bolsa para estudar na França, e, de onde estou, em meu modesto apartamento, cujo aluguel divido com mais dois amigos, posso ver, acreditem, a exuberante Torre Eiffel – quase toda ela –, bem à minha frente. Parece um sonho... Estou em Paris!

Apesar de eu me virar bem com o meu inglês tosco, tive que aprender francês por conta dos testes de proficiência, pois esse era o primeiro critério de avaliação para eu ingressar numa universidade francesa. Pretendo, agora, nas minhas férias, voltar ao Brasil para passar uns dias com a minha família: meu pai, Celso; minha mãe, Cibele; e minha irmã, Márcia. Queria muito que eles viessem pra cá (e sei que eles também gostariam), conhecer a incrível Cidade Luz e seus imponentes museus (o Louvre é o meu preferido. Já estive lá três vezes, praticamente três dias inteiros, e não consegui ver nem metade do que ele oferece. Há um quê de mistério nesse museu, no ar, nas frestas, nos degraus, no piso, que me faz vasculhar e admirar tudo, não só as obras expostas), o famoso Arco do Triunfo, a bela Champs-Élysées, a Torre Eiffel, claro! E também os meus amigos, meu cantinho, minha faculdade... Mas ir daqui pra lá fica bem mais em conta do que vir de lá pra cá, além do que, eu sou apenas um, e eles são três. Nos falamos pela internet quase sempre e quando, por algum motivo, ficamos alguns dias sem nos falar, sinto muita falta deles.

Meu pai é aquele cara que qualquer filho adoraria ter como pai. Verdade. Ok, muitos filhos dizem isso dos seus pais, mas como neste momento estou falando do meu, vou me dar ao luxo de achar que ele é único, um exemplo para os demais. Meu pai lê muito e escreve como ninguém! Hoje, ele é redator numa agência de propaganda, a terceira e maior agência em que ele já trabalhou. Quem o vê distante, calado, meio desplugado do mundo – que é como geralmente está –, não consegue imaginar o maremoto dentro de sua cabeça, por onde velejam seus barcos, sobrecarregados de ideias.

Por mais que eu me esforce, não consigo me lembrar de um só momento em que ele tenha levantado o braço para me dar um tapa ou esquentar minha bunda, por conta de alguma malcriação que eu tivesse feito. Nem na minha irmã. E olha que vez ou outra parece que pedimos para que isso aconteça; mas não me recordo, porque não há nada a recordar sobre isso. Castigos? Isso sim.

Lembro-me certa vez, num Carnaval qualquer, em que peguei um furador de papel do escritório de meu pai e, escondido (se era escondido, boa coisa não era), comecei a picotar algumas páginas de uma revista para transformá-las em confetes e lançá-los pela janela. Eu dobrava duas, três vezes cada página e começava a perfurá-las. Depois esvaziava o reservatório do furador dentro de um saquinho. Nem sei quantas vezes fiz isso. Adorava, depois, abrir cada página e vê-las repletas de furos. Achei a ideia genial, pensei até em ganhar um dinheirinho vendendo confetes para toda a vizinhança. Só não fazia ideia de que o que eu havia enchido de furos eram páginas de uma revista de viagens que meu pai guardara, de meu avô, cheia de anotações poéticas sobre lugares incríveis que ele gostaria muito de conhecer antes de morrer (mas, infelizmente, não houve tempo para isso; ele faleceu antes de conhecer esses lugares e antes mesmo de me conhecer). Meu pai, quando descobriu o que eu havia feito (não faltaram pistas), pegou a revista – ou o que restou dela –, me levou para um canto da sala e conversou comigo durante sei lá quanto tempo, sem pressa, sem tapas nem gritos, tentando me explicar o que aqueles rabiscos aparentemente inúteis significavam para ele. Ouvi, e depois pedi desculpas, mas tive a infelicidade de acrescentar: "Bom, pai, ainda bem que foram só algumas páginas, né?", achando que isso fosse amenizar o problema. "Não, filho, não foi só isso...", ele me respondeu. Percebi que seus olhos – jamais pude esquecer – lacrimejaram ao olhar para a revista. E continuou: "Imagine um pássaro, filho, que, ao retornar ao ninho com alimentos presos no bico, descobre a ausência de um de seus quatro filhotes. Acha que ele pensou: 'ainda bem que ainda tenho mais três'?". Aquilo doeu em mim mais do que uma surra, caso ele tivesse me dado. Lancei ao vento algo não só muito valioso para o meu pai, mas também para mim, que o vento jamais traria de volta.

Aí veio o castigo: não brincar por um dia (parte ruim) e, nesse dia (parte boa), só sair do quarto depois de inventar uma história muito legal sobre o que havíamos conversado, e ainda contá-la a todos após o jantar, utilizando-se da mímica em alguns trechos. Confesso que a segunda parte do castigo não era exatamente um castigo, mas sim, um aprendizado.

Meu pai é daqueles que preferem ouvir mais e falar menos. É curto, mas não é grosso. Evita qualquer tipo de encrenca e sai de perto quando percebe uma provocação gratuita ou uma discussão vazia, pois sabe que não irão acrescentar nada em sua vida. Não existe coisa mais inconcebível para ele do que a miséria, a fome que muitos, ainda hoje, sofrem. Mas sonha com dias melhores. Parece ser, às vezes, um cara sério, durão, mas, na verdade, é um típico "manteiga derretida". Chora com filmes, espetáculos teatrais e até mesmo com novelas – ele vê de tudo –, e emociona-se facilmente com cenas do cotidiano. Bom, cá pra nós, acho que sou farinha desse mesmo saco...

Certa vez, meu pai voltou cabisbaixo e com os olhos vermelhos de um mercadinho, depois de presenciar na fila do caixa uma mulher jovem totalmente descontrolada, aos prantos, tentando colocar as suas compras dentro de uma sacola. A pobre coitada nem conseguia disfarçar o sofrimento. Minha mãe perguntou o que havia acontecido para ele estar daquele jeito, tão chateado, e aí ficamos sabendo da história. "Mas, Celso, por que é que ela chorava tanto?", quis saber minha mãe, preocupada com aquela mulher. Ele respondeu, consternado: "Não sei, achei inoportuno perguntar a ela, mas certamente era alguma coisa muito, mas muito triste!".

Minha mãe olhou para mim e para minha irmã, deu um sorriso torto e sussurrou: "Mais um roteiro nascendo...". Sim, fatos como esse, nas mãos do meu pai, viravam sempre roteiros de peças teatrais ou algum conto para jornal ou revista. Há muita – mas muita mesmo! – afinidade entre eles, meu pai e minha mãe, principalmente no que diz respeito à educação dos filhos. Minha irmã e eu também não temos lembranças de surras que minha mãe pudesse ter dado na gente, embora, vez ou outra, recebêssemos dela um puxãozinho de orelha.

Ela é bibliotecária, sempre trabalhou em pequenas bibliotecas de escolas, mas hoje trabalha meio período em uma biblioteca municipal, quase sempre à tarde, organizando livros, atualizando o catálogo digital e orientando as pessoas. Leva muito a sério o que faz e, melhor ainda, gosta daquilo que faz; para ela não há astral melhor do que o do ambiente de uma biblioteca. Ama aquele silêncio cheio de mistérios, mas morreria sem uma boa prosa. É extremamente organizada e doente por limpeza. Tenho um pouco disso também, mas minha mãe é um exagero! Basta ela ver coisas fora do lugar, roupas amontoadas, louça suja, roupa mais do que seca no varal, lixo no chão, seja onde for, que, na primeira oportunidade, em questão de minutos, deixará tudo ajeitado. E você não descobrirá nunca em que momento ela fez isso! Imaginem o "brinco" que é a biblioteca onde ela trabalha! E nossa casa, então? Lembro-me dela andando pela sala com o dedo indicador em alerta: um cisco nos móveis e lá ia o dedo caçar o intruso, passando, antes, num toque quase imperceptível, pela ponta salivada da língua.

Minha mãe, além de bibliotecária, é também atriz. Nunca teve a pretensão de se tornar famosa, muito menos de ganhar dinheiro com isso; atua simplesmente pelo prazer de interpretar, de subir ao palco e divertir as pessoas. Há uma doçura nela, em seu jeito de falar, em seus gestos, tanto no palco quanto na vida real, que eu não consigo desvinculá-la da deusa

Vênus, no quadro *O Nascimento de Vênus*, de Botticelli. Isso, porque quando vi a pintura pela primeira vez, a meio metro de mim, um *flash* do rosto da minha mãe surgiu no olhar meigo da deusa, na sua pureza e no gesto ingênuo de tentar esconder a própria nudez. Nas piores fases da minha timidez e dos meus medos, quando eu me hospedava em seu ombro e ela me abraçava, se alguém nos visse, na certa também pensaria num quadro renascentista. Eu amava o jeito com que minha mãe me olhava de cima: doce, sereno, um alento para a minha dor. Ouvia sua voz repetindo, lenta e suavemente: "Marcel... Dantas... Mascarenhas...".

Esse nome, Marcel, foi em homenagem ao mímico francês Marcel Marceau – pronuncia-se "marçô" –, que meus pais sempre admiraram e até hoje fazem questão de não esconder a influência dele nas peças de teatro que produzem. É, eles têm um grupo teatral chamado Sem Palavras – um nome bem legal, diga-se de passagem, criado pelo meu pai –, dedicado a essa "arte do silêncio", a *pantomima*, onde tudo acontece através da mímica, uma das mais antigas formas de se fazer teatro. Como é que pode alguém – e nisso Marceau era mestre –, do início ao fim de um espetáculo, sem uma só palavra nos dizer tanto?

Eu também acho demais o trabalho do Marceau! Assistia sempre aos seus vídeos. E sempre chorava. Aqui em Paris, quando há alguma coisa, qualquer coisa relacionada a ele, junto um dinheirinho fazendo trabalhos extras, economizo aqui e ali e dou um jeito de ir. Não há como não se deixar levar pela poesia de seus gestos. "A mímica é uma arte que hipnotiza. É uma linguagem universal.", dizia ele, fora dos palcos. *Oui, c'est vrai!* – Sim, é verdade!

Marceau morreu há pouco tempo, com 84 anos, se não me engano. Aqui, em Paris. Olha só: estou morando onde morou e por onde andou Marceau! E isso é fantástico! Uma de suas incríveis criações (acho até que a mais famosa) foi *Bip*! Quando meu pai me mostrou pela primeira vez uma foto de Marceau interpretando Bip, eu disse a ele:

– Parece um palhaço bobo, pai!

Meu pai riu.

– Parece, filho, parece a figura de um palhaço... Mas garanto a você que de bobo ele não tem nada!

E aos poucos foi me contando tudo sobre Marceau, sobre Bip, e eu fui me apaixonando por eles.

– Sabia que Bip foi um personagem inspirado em Charlie Chaplin? – meu pai me perguntou.

– É? Puxa! – exclamei, olhos brilhando; qualquer criança conhece Chaplin.

– Isso mesmo! – continuou meu pai. – Uma bela homenagem a Chaplin. Marceau começou fazendo imitações dele quando criança, e acabou virando, assim como ele, um gênio dos gestos e expressões. Aquela figura frágil de palhaço, que você chamou de bobo, filho... – rimos, os dois. – ...faz, com suas incríveis interpretações, estremecer até a mais fria das almas. E sabe quem também fez uma homenagem bonita a Marcel Marceau?

— Quem, pai? – perguntei.

— O Michael Jackson, filho! Ele se inspirou em um dos movimentos de mímica feitos por Marceau num filme para criar o seu *Moonwalk*. Michael, além de amigo, é também um grande fã de Marceau.

— Uau! – gritei, com os olhos esbugalhados.

Eu adorava o Michael Jackson. Ele morreu dois anos depois de Marceau. Acho que percebeu que o mundo perdeu a graça depois que Bip se foi...

Sou um pouco Marceau. Tabó é um pouco Bip.

"E O COCOZINHO VOANDO..."

Foi a Lígia, uma amiga dos tempos da escola, quem me apelidou de Tabó. E que amiga! Lígia vivia desenhando casas e prédios malucos, assimétricos, a maioria de cabeça pra baixo (ela tinha essa mania), às vezes soltos, às vezes encaixados em jardins flutuantes ou entre árvores gigantescas (também de ponta--cabeça, com suas raízes voltadas para o céu), onde degraus saíam do nada e seguiam em direção às copas das árvores enterradas no chão, lembrando gravuras de Escher. Se eu disser que não eram interessantes, estarei mentindo; Lígia "viajava" em seus projetos. Um dia, ela me mostrou o desenho de uma casa cujos móveis – mesas, bancos, cadeiras, armários, camas, estantes etc. – eram simples e práticos, saíam do chão como se fossem uma coisa só, esculpidos numa única peça de fibra de vidro, que era o material que compunha toda a estrutura da casa. O piso e o teto tinham um carpete macio feito de garrafas PET recicladas – ela era ligada nessas questões ecológicas.

Eu quis saber o porquê do carpete no teto e Lígia respondeu de bate-pronto: "Um desperdício!". Percebendo a minha cara de interrogação, ela continuou: "Um desperdício termos uma área enorme sobre nossas cabeças sem ser aproveitada. Quer ver?".

Aí ela virava o desenho de cabeça pra baixo e completava: "É uma casa giratória, tipo, você sai, aciona um mecanismo com o controle remoto, a casa gira e você entra e aproveita o teto inteiro para bater uma bola, jogar golfe, rolar livremente no carpete ou até mesmo dar uma boa cochilada sobre ele. Só que o banheiro deve ficar do lado de fora: não consegui ainda encontrar uma solução para o vaso sanitário", completou, rindo.

A casa, retangular, parecia um enooooorme vagão e havia algumas observações ao lado do desenho (a Lígia pensava em todos os detalhes – ou quase todos) que diziam: (1) a porta de entrada vai do chão ao teto e fica na lateral da parede, pois a parte central é reservada para o mecanismo que faz a casa girar; (2) os ambientes não são separados por paredes; (3) as janelas, com persianas de correr (que funcionam também por controle remoto), são centralizadas nas paredes; (4) a geladeira e os armários têm compartimentos e embalagens especiais para líquidos, pratos, copos, talheres etc.; (5) a iluminação deve existir somente nas paredes laterais (em hipótese alguma no teto); (6) TVs, quadros e espelhos têm que ser presos pela parte de cima e pela parte de baixo. Ah, a TV também pode ser giratória, caso a pessoa queira se esparramar no carpete e ver um filme do Leonardo DiCaprio.

Esse último comentário (que só podia vir da Lígia) é totalmente dispensável, claro.

A Lígia era inteligente, sincera e tal e tal e tal. Ela me entendia. E às vezes não me entendia também. Eu sabia como eu era difícil em alguns momentos para ser entendido e entendia o porquê do não entendimento dela. Enfim... nos dávamos muito bem. Admirava sua coragem: ela enfrentava qualquer um na escola quando provocada ou ofendida, ou para me defender, apesar da vergonha que eu passava. "Vergonha é um sentimento que quem praticou a ofensa é que deveria sentir e não quem a recebeu", ela me dizia, em tom filosófico e meio decoreba, sempre que eu me encolhia, envergonhado. E foram tantas as vezes que me disse isso, que a Lígia mal começava a frase e eu já a estava repetindo com ela; a patética mistura do grave com o agudo, lembrava o som de uma desanimada reza. Depois, longe de todos, ao recordar aquilo, ríamos feito duas hienas. Acho assim: é difícil, muito difícil encontrar um amigo. Quase impossível. E não é exagero o que estou dizendo, é sério. Amigo é coisa séria. Se você não acredita nisso é porque ainda não encontrou um. A Lígia é, para mim, uma dessas espécies raras de amigos.

Ah, caso encontre na internet alguma casa de cabeça pra baixo, pode ter certeza de que ali tem a mãozinha dela, ou roubaram sua ideia.

Hoje, ainda nos falamos, mas, infelizmente, só pelas redes sociais. Ela está morando com os pais em Toronto, no

Canadá. Seu pai foi transferido para lá há alguns anos para trabalhar em uma famosa empresa de fabricação de aeronaves. Lígia, merecidamente, está tendo a oportunidade de fazer aquilo de que mais gosta, que é arquitetura (não poderia ser outra coisa). E no Canadá! Poucos têm essa chance.

A história do apelido começou faz uns dez anos. Estávamos em casa, estudando o comportamento dos animais para um trabalho de ciências, eu na internet e ela nos livros, quando, de repente, levei o maior susto.

– OLHA ISSO, MARCEL! – gritou Lígia, arregalando os olhos.

Quase caí da cadeira.

Era uma sequência de fotos de um tatu-bola mostrando como ele fazia para escapar do ataque de um predador. Fiz cara de não-estou-entendendo-bulhufas.

– Você! – disse ela, com o dedo indicador na última foto.

– Eu? – perguntei, tentando descobrir o que ela estava querendo dizer com aquilo.

– Bem, vamos lá: por que é que o tatu-bola tem esse nome? – perguntou Lígia.

– Porque ele vira uma bola, né? Dãããã! – respondi, tirando uma da cara dela.

Só com a Lígia eu conseguia brincar assim.

– Tonto! – retrucou. – Mas por que é que ele vira uma bola? Isso não acontece só quando ele se sente ameaçado por alguma coisa? – argumentou, entusiasmada. Parecia que havia feito uma grande descoberta científica.

– Sim – respondi. Já estava entendendo aonde ela queria chegar. Mas deixei que continuasse.

– Então... – seguiu, Lígia. – Pra se esconder e proteger as partes frágeis do seu corpo, ele se enrola todo dentro dele mesmo, formando uma carcaça dura que nem pedra, no formato de bola. Pronto! É aí que você entra nessa história...

– É?

A Lígia logo percebeu meu fingimento e me deu um safanão. Rimos. Comparou-me ao tatu-bola porque sempre que eu também me sentia ameaçado, me enrolava todo e me escondia em mim mesmo, como ele, e não havia Cristo que me fizesse sair de dentro de mim! Dava um tempinho, respirava fundo e depois, quando me sentia um pouco mais tranquilo, voltava ao mundo novamente.

Eram várias as situações em que eu me sentia ameaçado: quando me apresentavam a alguém, quando me pediam opinião sobre alguma coisa, quando tinha que me levantar e ler algo em voz alta na sala de aula, quando escutava o meu nome sendo chamado, quando tinha que atender o celular na frente dos outros, quando me pegavam cantarolando alguma coisa, quando... Sei lá, havia centenas de "quando". Só sei que dava aquele friozinho na barriga, o coração acelerava, eu tremia e gelava feito gelatina, e depois apagava. Não, não desmaiava. Apagava no sentido de desaparecer dentro de mim. Aquilo chegava a quase fobia, fobia social, pois me remetia a um medo absurdo de ser observado e julgado pelas pessoas, caso fosse eu o centro das atenções. Naquelas horas, sinceramente, eu queria mesmo ser um tatu-bola e sair rolando para bem longe, sumir por um bom tempo. Ou nunca mais voltar.

Estranho – minha mãe sempre me lembra disso – é que quando eu era pequeno e meus pais reuniam alguns amigos em casa, ou mesmo quando havia ensaio do grupo de teatro, eu aparecia de repente, do nada, e, com o dedo indicador mexendo-se como uma minhoca flutuante, dizia, na ponta dos pés, com voz fina e bem alto: "E o cocozinho voando...". Depois saía saltitante, rindo feito um bobinho, satisfeito com minha incrível *performance*.

Não queira entender a relação da "minhoquinha" com o "cocozinho", mas a grande sacada era esse movimento que eu fazia com o dedo indicador. Parecia mesmo uma minhoca. Uma mistura de ilusão de ótica com treino, muito treino, pois o dedo parecia quebrado ou desprovido de ossos. Ainda hoje sei fazer esse movimento.

Que incrível, não?...

Bem, pode não ser tudo isso, mas na época, todos morriam de dar risada, e aí eu me empolgava e repetia a cena várias vezes, até meu pai me tirar dali – me expulsar, na verdade – com frases do tipo: "Tá, tá, agora esta minhoca vai ser entregue àquele pescador, ali. Vem cá, minhoquinha!". E me colocava em seus ombros para me levar, quase sempre, até os braços do tio Paulo, que cedia a garagem vazia dos fundos de sua casa para os ensaios do grupo. Quando a minha apresentação da minhoquinha era em casa, meu pai dizia: "Ok, ok, agora este cocozinho vai ser jogado naquela privada, ali. Acho que vou ter que dar duas descargas pra ele ir embora...", e ameaçava me levar até o banheiro, mas acabava me lançando no colo da minha irmã, que era mais velha que eu, pedindo para ela tomar conta de mim. Tudo isso sempre ao som de muitas risadas. Não entendo como é que conseguiam rir sempre das mesmas brincadeiras bobas e com a mesma intensidade! Juro que não!

Outras vezes, gostava de imitar alguns bichos para todo mundo ver. E ouvir. Nessa época eu devia ter uns quatro ou cinco anos. Quando imitava leão, adoravam a cara de brabo que eu fazia seguida de um rugido que mais parecia uma estação de rádio fora de sintonia e, de quatro, ameaçava dar mordidas em quem se aproximasse – às vezes até mordia mesmo, mas de leve –, balançando o traseiro, onde várias tiras mal rasgadas de jornal, presas ao short, simulavam um rabo. Não era raro eu deixar escapar um pum quando exagerava na brabeza. Todos riam e eu continuava a brincadeira como se nada tivesse acontecido. Quando imitava gato, gostava de me acomodar nos colos da Rosa Maria, ou melhor, Rosemarie – soava "rôsmarrí", e todos faziam um biquinho exagerado com a boca ao pronunciar o nome francês –, e da Cristina, uma ruivinha de pele clara, mas tão clara que ela parecia ser de porcelana! Duas mulheres que eu achava as mais lindas do mundo!

Rosemarie, particularmente. Ela vivia dizendo que eu era o seu namoradinho; era a mais nova da turma, tinha, tipo, uns dezoito anos; queria muito ser atriz e estava tendo aulas de teatro com o grupo do meu pai desde os quinze. Rosemarie estava sozinha há mais de um ano, sem os pais, e sabíamos que logo, logo, para minha tristeza, ela também viajaria. Falo depois sobre isso, para não perder o fio da meada.

Eu me espreguiçava, dava banhos de língua em mim mesmo – nossa! –, lambendo os braços e as pernas, como fazem os gatos em seus corpos cheios de pelos. Meu gato tinha um sotaque francês no miado, provavelmente para chamar um pouco mais da atenção de Rosemarie. Eu fazia um monte de "miaurrrs" charmosos – para não dizer frescos –, também de quatro, roçando ingenuamente as pernas das duas, pedindo carinho. Ah, essa era a melhor parte, pois elas atendiam prontamente ao meu pedido: me colocavam no colo, me beijavam e me faziam cafuné. Que delícia! E eu ronronava feito um filhotinho mimado. Mas elas logo me dispensavam – essa era a pior parte –, pois o cheiro de cuspe seco do meu corpo ficava tão forte, que chegava à beira do insuportável.

E lá vinha minha mãe para me levar ao banheiro e me enfiar no banho. Muitas vezes, até, de short "borrado".

Eu também imitava um cantor japonês (que inútil!): esticava os olhos com os dedos, inventava um ardido "inarramóóóó...", agudíssimo, e seguia adiante. Eram intermináveis esses "ós". Mas o ponto culminante mesmo era quando eu me enrolava em um cobertor estampado – limpinho e passado, para "felicidade" da minha mãe –, quase desaparecendo dentro dele, e caprichava na dança oriental que acompanhava o canto: "inarramó-ó-ó-ó-ó-ó-ó-ó-ó-ó...". Rosemarie adorava! E todos aplaudiam, riam, pediam bis! Eu saía do cobertor ensopado de suor, muito fedido, e, de novo, era enxotado dali por minha mãe até o banheiro, pra mais um banho! Tudo bem, eu era bem pequeno, mas... nossa! Quanta tontice! *Eu* fazia tudo isso e muito mais!

Bem, depois que cresci, acabou. Claro que uma hora eu tinha que deixar toda essa baboseira de lado, né? Mas a minha bronca era lembrar a coragem, a ousadia, a cara de pau que eu tinha quando era pequeno, e tudo isso simplesmente desaparecer, como se nunca tivesse acontecido! Pensava, aos dez anos: "Por que não sou mais assim?".

Pensava também como era bom ganhar beijos da Rosemarie... Como ela era linda!

Ela foi um presente que os pais deixaram para nós, lá no Brasil! Explico: eles saíram daqui da França quando ela ainda tinha cinco aninhos, estimulados por um casal de amigos, donos de uma pequena empresa de cosméticos no Brasil, e por lá ficaram. Mas, depois de um bom tempo, quando Rosemarie havia completado dezessete anos e quando as coisas já não andavam muito bem, bateu uma enorme saudade – monstro que tentamos sempre afugentar, mas que cedo ou tarde nos abocanha – e seus pais resolveram voltar para a França, mais especificamente para Chartres, pequena cidade no centro da França. Decidiram passar o resto de suas vidas lá, em sua cidade natal, que fica a poucas horas daqui de Paris, onde hoje estou (mundo pequeno, este). Rosemarie, felizmente para nós, ficara no Brasil; mas essa alegria durou pouco: um ano e meio depois, o mesmo monstro que abocanhou seus pais abocanhou também Rosemarie e ela foi visitá-los na França (aquela viagem que eu disse antes que ela faria). Por que é que certas coisas que nos fazem tão bem têm que acabar assim, tão antes do tempo, do tempo que imaginamos ser eterno? Aquela minha paixão infantil desmoronou quando ficamos sabendo que ela estava namorando um italiano que conhecera numa esticada até a Itália, após rever os pais. Ficou por lá um tempo e não demorou muito para chegar uma nova notícia, a de que ela ia se casar com ele. As coisas estavam correndo rápido demais e aí descobrimos o motivo: Rosemarie estava grávida de uma menina, a Giovanna, que, obviamente, seria linda como ela! Antes de morar definitivamente na Itália, Rosemarie voltou ao Brasil junto com seu príncipe italiano, para ficar alguns dias e despedir-se de todos. Foi a maior choradeira, nunca vi! Parecia uma novela mexicana sem roteiro e sem direção. Quando me abraçou forte e me beijou, já com a barriga saliente, disse: "Quero que um dia vá me visitar na Itália, viu?", e completou, choramingando: "Vê se não me esquece, tá?".

Como eu poderia esquecer Rosemarie?

CARA DE BOCÓ

A Lígia sempre me deu a maior força. Ela, assim como eu, sempre achou meu nome muito sério. Feita a descoberta da minha semelhança com aquele animal pitoresco, ela me convenceu de que um apelido como "Tatu-bola" seria bem legal. Depois, achou essa palavra composta muito comprida – afinal, apelidos normalmente são curtos – e sugeriu reduzir para Tabó, primeiras sílabas de cada palavra. Ficou mais legal ainda. Além do quê, pelo que conhecíamos dos meninos lá da escola, "Tatu-bola" daria chance a eles de me chamar somente de "Bola". Topei na hora o *Tabó*.

A escola inteira me chamava de Tabó. Mas alguns moleques – os mais chatos, para dizer a verdade –, de vez em quando faziam certas rimas para me provocar. "Olha o Tabó, cara de bocó!". Ou "Ai, que dó do Tabó!". Outros eram mais maldosos: "O Tabó coxo, de vergonha, ficou roxo!". Não sabia exatamente o significado da palavra "coxo", mas estava na cara que o xingamento tinha a ver com o fato de eu mancar um pouco de uma perna (conto essa história depois). Babacas! Enchiam o meu saco! A minha timidez e o meu problema na perna não eram motivos para me tratarem daquela forma. Mas, apesar de tudo, eu fingia que não ligava, nem olhava para eles. Não conseguia olhar, para dizer a verdade, pois, se olhasse, virava um tatu-bola.

Na boa, minha vontade mesmo era de dar um belo soco na cara deles! Principalmente na de uma certa turminha: Laércio, Felipe, Sílvio, Júlio e Ricardo. Eu odiava os cinco! O primeiro, então, chefe da corja, merecia mais: merecia uma surra completa. Havia algumas meninas também: a Marília, a Margareth e a Gisele, que era a que menos participava das gozações. A Lígia, obviamente, os enfrentava e dava umas respostinhas malcriadas por mim, mas aí passavam a zoar dela, a dizer que ela era branquela, sardenta e feia. E voltavam a caçoar de mim, dizendo que eu era o protegidinho dela, que me escondia na saia de uma menina. Não é nada fácil engolir comentários desse tipo. A Lígia não, mas eu engolia. Engolia em seco.

A Lígia não era feia. As sardas que pontilhavam seu rosto davam a ela um certo charme. E ainda tinha lindos olhos azuis que, à luz do dia, ficavam transparentes! Lembravam os de uma tia minha, de quem eu gosto muito: a tia Neuza. Não era justo a Lígia ser xingada daquela forma só por me defender. Ela era mesmo corajosa! E uma amiga de verdade. Amigos de

verdade aceitam a gente como a gente é. E também nos dão uns trancos quando é preciso. Mas nos defendem, mesmo quando os agressores são mais fortes. Eu é que não merecia a amizade dela. Deixava que fosse xingada, ridicularizada, enquanto eu fugia – para o meu esconderijo natural de minha própria covardia.

Gostava muito da Lígia. Vou confessar uma coisa que é segredo de Estado, que vai morrer comigo: já cheguei a pensar, sim, na possibilidade de um dia, quem sabe, ela ser minha namorada, minha primeira namorada, coisa que nunca aconteceu. Mas a amizade dela já me bastava. Jamais me conformei por nunca termos caído na mesma classe, pois era bom, muito bom mesmo, imaginá-la sempre perto de mim. Acho que isso, no fundo, era uma constatação de que eu queria mesmo ser protegido por ela.

Odiava quando, por alguma razão, chegava atrasado na escola. Entrar na classe quando todos já estavam dentro, sentados, e a aula começada, era um pesadelo para mim. E eles torciam tanto para que isso acontecesse, que acabava acontecendo mesmo.

Certa vez, entrei na escola pouco mais que cinco minutos atrasado. A porta da sala de aula já estava fechada. Desliguei o celular e estiquei os pés cuidadosamente para alcançar o visor da porta e ver se a aula havia realmente começado. Claro que havia: o professor Adalberto, de português, era cheio dos horários, e não dava moleza. Ensaiei várias vezes antes de bater na porta.

– Entre, Tabó! – respondeu "Alvo", que era como o chamávamos. Ele já sabia que era eu à porta.

Ele tinha uma careca redonda no cocuruto, com uma pinta quase no meio. Parecia realmente um alvo. Quando ficava de costas para a classe, havia sempre alguém fazendo mira em sua careca com revólveres, dardos, espingardas, estilingues... todo tipo de arma que as mãos pudessem imitar. Alvo sabia disso e não ligava, só que às vezes virava-se inesperadamente – mas de propósito – e pegava alguém em flagrante com a "arma" nas mãos: um giz voava na direção do azarado.

– Fui mais rápido no gatilho – dizia ele, mas sério, fazendo com que o aluno ficasse de pé e respondesse a algumas perguntas sobre a matéria que estava dando.

Só de pensar nessa "punição", me dava um tremor nas pernas. O "tiro ao alvo" praticado pelos alunos foi diminuindo, mas vez ou outra alguém arriscava a brincadeira.

Bom, abri a porta devagarinho, pedi licença quase sem voz e entrei, olhando para o chão, obviamente. Eu já sabia o que ia rolar.

– OI, TABÓÓÓÓÓÓ! CARA DE... gritaram todos, a uma só voz, regidos pelo Laércio.

Não completaram a frase. Nem precisava. Pareciam mil num "ó" infinitamente longo! Bem diferente daquele meu "inarramóóóóó..." inocente, de quando eu era pequeno.

Eu tentei ir, mas parecia que o meu lugar no fundo da sala não chegava nunca! Virei um tomate, um pimentão, não sabia onde enfiar a cara, até o tatu-bola surgir de dentro de mim e eu me esconder em mim mesmo, como sempre acabava acontecendo nessas situações. Era exatamente isso que eles queriam e eu, impotente, não podia deixar de atendê-los, pela terceira, quarta, sei lá qual vez. As risadinhas que vieram logo em seguida comprovaram a enorme satisfação deles em atingir seu estúpido objetivo. "Pena eu não ser um tatu-bola de verdade!", pensava novamente. "Pena!".

No intervalo, quase recuperado – não era fácil suportar os olhares de deboche e os risos sarcásticos durante a aula –, esperei todo mundo sair da sala para depois me levantar. Acabei saindo junto com o professor Alvo. Ele me deu um tapinha nas costas, tipo, "Não liga, não, eles estão brincando!". Ou não seria "Ai, que dó do Tabó!"? O fato é que na hora do jogral maldito, a única coisa que ele fez foi pedir silêncio para a classe, mais nada. Será que ele teve a coragem de também participar das risadas? Não pude reparar, pois naquela hora eu já estava fora de mim. Mas... o professor Adalberto? Não, o Alvo, não! Ele não aplaudiria esse tipo de comportamento. Ele e a aula dele eram muito legais. E também nunca dei motivos para ele não gostar de mim, sempre prestei atenção em tudo que dizia. Verdade. Bem, talvez prestasse um pouco menos nos dias em que eu me escondia em mim mesmo...

Ora, que bobagem achar que professores são corretíssimos só pelo fato de serem professores! Há professores e professores, assim como há alunos e alunos.

Por exemplo: uma outra vez em que me atrasei, na aula da Dona Martha, professora de Geografia, que por trás todos chamavam de "Dona Morta" – seu olhar assustadoramente fúnebre explicava o trocadilho –, tenho certeza de que, ela sim, riu do coro irônico dedicado a mim, assim que entrei atrasado. Nem silêncio ela pediu. Dona Morta sabia que eu não era muito chegado naquela matéria, nem nela, e provavelmente ela não gostasse de mim também, acho. Ou não gostasse de tatus. Só sei que ela também riu. Disfarçadamente, mas riu.

Semanas antes, em um dos debates que o grupo Sem Palavras fazia após os espetáculos, meu pai respondeu a alguém da plateia sobre a afinidade do grupo:

– Sem afinidade jamais conseguiríamos sustentar nosso grupo todo esse tempo – disse ele, com orgulho. – Além disso, juramos respeito mútuo e nos propusemos, desde o início, a ser honestos e sinceros uns com os outros. A verdade, sempre. Nua e crua. Rir nas costas da gente dói mais que gargalhar na frente – completou meu pai.

A Morta riu nas minhas costas. Mas isso apenas reforçou o que eu já pensava sobre o caráter duvidoso dela e, a partir daquele dia, ela morrera de verdade para mim.

É, professores pisam na bola, sim. E em tatus-bola, também.

LADRÕES DE ROUPÕES

Ah, preciso abrir um parêntese... Deixa eu explicar rapidamente – ou não tão rapidamente assim – essa história de eu mancar um pouquinho.

    Logo depois que nasci, minha mãe teve uma inflamação nos seios e não pôde me amamentar. Passou a me dar um leite em pó que o pediatra receitara, mas toda vez que eu terminava de mamar, regurgitava um monte. O refluxo foi se tornando constante e nada controlava os vômitos. Novo leite, novas golfadas, trazendo sucos gástricos extremamente ácidos que deviam me deixar muito, mas muito irritado. Os medicamentos não surtiam efeito, ao contrário, me traziam novos problemas. Os refluxos me faziam tossir e a respiração tornava-se dificultosa; dormia mal, com chiados no peito. Dias depois eu já estava debilitado, parecia um bicho-pau, de tão magro. Meus pais ficaram desesperados, achavam que eu ia partir desta pra uma melhor. E eu mal tinha chegado! Aí apareceu minha tia Neuza, aquela cujos olhos azuis eram parecidos com os da Lígia, conhecida por todos naquele bairro por sua grande simpatia. Foi oferecer à minha mãe um "santo remédio". Segundo ela, um leite forte poderia me salvar. Leite sadio, de peito, leite humano. Havia uma mulher perto de sua casa com os peitos tão recheados, que dariam para amamentar todas as crianças do bairro. "Leite bom!", dizia tia Neuza, sorrindo com os olhos... olhos de um azul que deixava transparecer toda a bondade que existia dentro dela. E reforçava: "Leite forte e saudável!".

Meus pais não viam motivo para não aceitar a ajuda. Se estavam prestes a perder um filho, o que mais teriam eles a perder?

Fiquei um bom tempo tomando daquele leite que minha tia recolhia e levava lá em casa todos os dias, dentro de um frasco de vidro. Aos poucos, eu parecia voltar à minha cor normal e fui recuperando o peso. Não estava cem por cento, mas bem o suficiente para que meus pais esboçassem um sorriso. Havia um tempão não sabiam o que era isso.

Eu tinha sobrevivido.

Pelo menos por mais um mês, porque depois disso, meu Deus! Certamente morreria! Uma forte inflamação na garganta, seguida de febre e vômitos, resolveu me atormentar, e ainda trouxe uma nova e perversa companheira: a diarreia. Eu não merecia isso, não podia pagar por pecados que ainda nem tinha cometido. A não ser que regurgitar fosse pecado. Mas, sério, foi cruel, arrasador. Não poderia ter sido pior.

Aquilo que no início parecia ser uma gripe comum, revelou-se algo muito mais complicado. Minha tia Neuza, agora, não teria como me ajudar.

Pronto, lá fui eu novamente para o hospital. Desta vez, tive a "sorte" de cair nas mãos de um bom médico. É terrível pensar que um assunto tão sério como esse, que trata de uma vida, tenha que depender da sorte.

Eu havia dito que não poderia ter sido pior. Bom, acho que poderia, sim.

O diagnóstico passou longe de uma notícia boa: eu havia sido infectado por um vírus que se aloja no intestino, denominado poliovírus – pesquisei tanto sobre isso que não dá mais para esquecer –, que se multiplicou e foi para a corrente sanguínea até atingir o sistema nervoso, provocando, no meu caso, uma paralisia no membro inferior direito. Era uma doença contagiosa chamada *poliomielite*, mais conhecida como paralisia infantil. É dramático pensar que meus pais teriam me levado para tomar a vacina antipólio algumas semanas depois, quando eu já tivesse completado dois meses; mas não deu tempo, o vírus foi mais rápido. Imagino como meus pais se sentiram ao saber da notícia. Porém – sem gozação –, poderia ser ainda pior. Uma infecção mais grave, por exemplo, poderia resultar numa polioencefalite e causar apneia, o que me obrigaria a usar um respirador artificial, além de outras complicações. Aí, sinceramente, mais uma vez, não sei se hoje eu estaria aqui para contar esta história.

Anos depois, quando comecei a andar, eu não conseguia abaixar o calcanhar, caminhava somente com a ponta do pé. Pé direito. O médico disse aos meus pais que uma cirurgia poderia resolver esse problema na panturrilha. E resolveu. Mas não a primeira cirurgia, que fiz aos três anos, e sim a segunda.

Eu já estava com uns sete anos quando me internaram no hospital para me submeter a essa nova cirurgia. Fiquei um tempo razoável lá dentro, acho que uns oito dias, que pareceram uma eternidade.

Lembro-me de uma sala grande, que eu batizei de quartão, com vários pacientes e eu ali, entre eles. Meio "sacal", confesso. Havia dois caras muito estranhos, com uma expressão não muito confiável, que, depois constatei, eram "do mal". Especializaram-se em dar sumiço nos roupões dos pacientes. Fizeram isso comigo, na hora do meu primeiro banho no hospital. Tudo aconteceu antes da minha cirurgia. Foi assim: o enfermeiro me acompanhou, deixou meu roupão limpo sobre um banquinho, me orientou e depois foi embora, levando o roupão usado. Eram várias salas de banho dentro de um mesmo espaço, onde a porta principal ficava fechada, mas não trancada. Havia o espaço masculino e o feminino. Quando eu terminei o banho e fui me trocar, cadê meu roupão? Fiquei desesperado e, com a toalha na frente do corpo (eu não sabia como prendê-la), abri uma fresta na porta e comecei a gritar por socorro. O desespero era tanto que acabei escancarando a porta e saí correndo pelo corredor com o traseiro de fora. Como se isso não bastasse, a toalha caiu no meio do caminho e eu fiquei completamente nu aos olhos de quem por ali estivesse, aos berros, com as mãos abobalhadas, clamando por ajuda. Os enfermeiros logo me acudiram. Mas a vergonha e o medo que eu passei ficaram em mim para sempre, como uma tatuagem dentro do cérebro.

Só eles poderiam ter feito aquilo, aqueles dois estranhos, os únicos suspeitos, pois quando uma enfermeira me levou de volta ao quartão e depois saiu, eles afundaram as caras nos travesseiros para abafar as gargalhadas: prova incontestável do crime. E ficaram assim por um bom tempo ainda.

Riram, da mesma forma, de um senhor gordo que chegou um dia depois de mim e que também teve seu roupão roubado na hora do banho. Só que dessa vez, ao correr até a porta para tentar pegar os "engraçadinhos" e pedir ajuda, o homem escorregou e bateu com a cabeça no piso, ferindo-se gravemente. O barulho de seu corpo chocando-se contra a porta antes de estatelar-se no chão foi tanto que parecia que o hospital inteiro correra para lá para ver o que havia acontecido. Os dois idiotas não estavam nem aí, aliás, percebia-se claramente em suas reações que o tombo daquele senhor, embora não planejado, viera de lambuja para eles, como um "prêmio extra".

Eu não conseguia entender o que é que eles estavam fazendo naquele hospital se aparentavam não ter nenhum problema de saúde. Pensava comigo: "Doentes mentais, só pode ser isso. Erraram de hospital". Por sorte, muita sorte, o senhor gordo não teve complicações sérias, tipo, um traumatismo craniano ou coisa assim, mas levou vários pontos na cabeça e teve um ombro fraturado. Felizmente, antes de bater a cabeça no chão, seu ombro amorteceu o impacto. Menos mal: ele poderia ter morrido! Os dois caras eram, certamente, muito mais do que simples ladrões de roupões.

Certa madrugada, eu vi os dois cretinos se levantarem sorrateiramente e pegarem a bengala de uma senhora de cabelos bem branquinhos e o boné de um garoto ruivo, e depois desaparecerem com esses objetos, sem deixar qualquer tipo de vestígio. Em seguida, abafaram novamente as gargalhadas e dormiram. Na hora, pensei em avisar alguém, acordar as vítimas, mas morri de medo, pensando no que os idiotas poderiam fazer comigo depois que eu os entregasse. Então dormi e só acordei de manhãzinha, com a enfermeira me trazendo um lanche e alguns medicamentos. Um fisioterapeuta examinou meu pé e fez algumas anotações. Olhei para o lado e vi o garoto ruivo cabisbaixo, chorando o sumiço de seu boné e implorando ao enfermeiro para que o encontrasse, pois era um presente que seu avô lhe dera alguns meses antes de morrer. A senhora dos cabelos branquinhos estava quietinha, ainda não havia procurado por sua bengala. E mesmo depois, quando percebeu que ela não estava mais ali, ao lado da cama, continuou calada. Apenas mordia os lábios, entristecida. Talvez aquela bengala fosse, também, um presente que ganhara, de um valor sentimental inestimável.

Fiquei com a minha consciência pesada. Insuportavelmente pesada. Não havia sido eu, mas era como se tivesse sido. Os idiotas ainda dormiam como dois porcos imundos. Como é que conseguiam dormir depois de tudo que aprontaram? Rilhei os dentes. Foi quando decidi que precisava fazer alguma coisa. "Seus bestas!", pensei, quase alto. "Bestalhões!", reforcei, com raiva.

As enfermeiras haviam deixado uma maçã, algumas torradas, bolachas *cream cracker*, pasta de azeitona, geleia de goiaba, suco de laranja e uma espécie de mingau de aveia – que eu achava gostoso à beça! – nas bandejas sobre os suportes da cama dos dois idiotas, que não acordavam em hipótese alguma. Era a minha chance. Bebi meu suco e fui de mansinho ao banheiro com o copo de plástico na mão. Comecei a fazer xixi dentro dele – momento exato da revelação do meu plano – e, quando estava prestes a transbordar, mudei a direção do jato para o vaso sanitário. "Poderia ter trazido dois copos", pensei. Voltei ao quartão e, discretamente, caminhei em direção aos "anjinhos". Eles, agora, estavam na condição de vítimas. Olhei ao redor e havia somente um enfermeiro do lado oposto, de costas para mim, cuidando de um paciente. Perfeito! Com muito cuidado, lutando contra os meus princípios morais e minha consciência, bebi metade do suco de cada um dos calhordas e, em seguida, despejei aquela morna substância, extraída de meu próprio corpo, dentro do copo deles. Metade suco, metade urina: a mais humilde das composições contra o mal e em favor da humanidade!

"Puxa!", pensei, num relance, me achando o cara mais corajoso da face da terra. "Não sei como, mas eu fiz! Eu consegui fazer isso!", ressaltei. Sim, indiscutivelmente, o ato foi corajoso. Pode ter sido meio escroto, nojento, mas que foi corajoso, foi. Sinal de que algum resquício de toda aquela ousadia nas encenações que eu fazia aos quatro anos ainda morava em mim. Senti um certo orgulho e aí surtei: me imaginei num palco, uma plateia imensa, composta de pacientes (todos em cadeiras de rodas), médicos e enfermeiros, me aplaudindo freneticamente enquanto alguém me condecorava como *O grande herói da Nação*! Esse alguém era a velhinha de cabelos brancos com sua bengala, tentando, a qualquer custo, colocar a medalha no meu peito, enquanto meus pais choravam torrencialmente atrás de mim. Mas tudo virou fumaça em segundos...

Quando eu já me aproximava da minha cama comecei a tremer: reflexo retardado do risco que certamente havia corrido. Ainda bem que isso não aconteceu quando eu segurava o copo de xixi nas mãos.

De todos os que ali estavam, a única que parecia ter me visto foi a senhora dos cabelos branquinhos. Percebeu que eu estava dando uma de super-herói vingador, mas continuou quietinha, como se reconhecesse o mérito do castigo aos castigados. Quanta perversidade daqueles paquidermes ela já não teria presenciado?

Passaram-se dez ou quinze minutos e os dois acordaram. Espreguiçaram-se mal-educadamente e trocaram algumas palavras – imagino com que hálito! – antes de dar novas risadas. Provavelmente relembravam as façanhas do dia anterior, ou outras mais antigas. Ou arquitetavam novos planos. Mas não demorou muito e começaram a comer. Fizeram cara feia ao experimentar o mingau que, àquela altura devia estar mais do que frio. Ficaram na primeira colherada. Deixaram a fruta de lado e atacaram as torradas e as bolachas, caprichando na pasta de azeitona e na geleia. Estavam famintos. E aí veio a melhor parte: hora do suco. Foram mais do que sedentos ao pote. Os dois! Pareciam treinar para uma competição de nado sincronizado. Queria poder ter visto em câmera lenta toda a cena que se seguiu e voltado o filme quantas vezes quisesse. Foi patético! Com a mesma velocidade com que engoliram mais da metade do suco, cuspiram sobre eles mesmos, num jato im-pres-sio-nan-te, o que já havia descido goela adentro! E os copos soltaram-se de suas mãos para encharcar seus roupões e camas; as bandejas voaram de seus colos despejando restos de comida pelo trajeto e uma das maçãs acertou em cheio o nariz de um deles. Tudo misturado ao som de náuseas e vômitos espasmódicos! Os dois, na cegueira do desespero, trombaram ao tentar se levantar e escorregaram no chão pastoso, levando com eles as roupas de cama e os travesseiros marcados pelo mingau frio e gosmento. Gritavam como porcos (que eram) antes do abate. Um caos total! Um *show*, na verdade! Os enfermeiros acharam melhor esperar a poeira assentar para depois ajeitar as coisas. Pareciam, até, curtir aquele pastelão, considerando os que nele estavam envolvidos.

A velhinha de cabelos brancos olhou para mim e deu um leve sorriso, acho que o primeiro dela naquele hospital. Isso valeu mais que uma medalha.

Um dos pacientes não conseguiu conter as risadas. Aí então, em questão de segundos, o quartão inteiro desembestou a rir, tipo plateia de teatro (como a que imaginei ao ser condecorado), prazerosa, sádica até, assistindo a uma tragicomédia das melhores! Deu para perceber que todos odiavam aqueles dois.

Nunca me senti tão leve...

Logo em seguida, meu pai foi lá para me visitar e conversar com os médicos. Fiquei sabendo que a cirurgia estava marcada para o final da tarde. O super-herói vingador pediu um tempinho: me deu um calafrio, um pouco de medo com o que pudesse acontecer, perder a minha perna, de repente (crianças costumam ser melodramáticas). Mas meu pai me tranquilizou, disse que estaria por perto na hora da cirurgia e que tudo iria correr bem.

– O que aconteceu por aqui, filho? Que rebuliço é esse? – perguntou meu pai, referindo-se à confusão ao lado. Ele odeia confusões. – Que cheiro estranho... – reclamou.

Foi a deixa. Contei a ele toda a história dos roupões, do meu desespero, do senhor gordo, da pobre senhora de cabelos branquinhos, das sacanagens com outros pacientes e, disfarçando, apontei os dois comparsas que ainda eram atendidos pelos enfermeiros.

– Foram esses caras, pai! *Eles* fizeram isso! Eu vi! – desabafei. – Acho que comeram alguma coisa que fez muito mal a eles. Bem feito! – completei.

E omiti alguns "pequenos" detalhes.

– Sei, sei... – respondeu meu pai, meio desconfiado.

Bom, tudo correu bem com a cirurgia, como já havia previsto meu pai. Quando acordei, já estava no quartão, com meus pais e minha irmã ao lado. Mal abri os olhos e minha mãe, com um leve sorriso no rosto, já deixava escapar as duas palavras que sempre foram a sua filosofia de vida.

– Viu só, filho? Tudo passa... tudo passa...

Senti, pouco depois, seus lábios em minha testa e seus dedos finos penteando meus cabelos.

Meu pé direito estava suspenso, exposto aos visitantes feito obra de arte. Moderna, pelo visual: havia uma ponta de metal próxima ao dedão que se destacava em meio àquela brancura toda do gesso. Fiquei curioso. O que é que um metal estaria fazendo ali, fincado no meu pé?

Outra coisa que me chamou rapidamente a atenção foi o fato de os dois mentecaptos não estarem mais no quartão. Olhei para o meu pai e ele piscou para mim. Contou que havia conversado seriamente com a direção do hospital. Ficou sabendo que os dois já estavam sendo vigiados há um bom tempo, que outras dezenas de casos praticados por eles – alguns medonhos, bem piores do que aqueles que eu tinha presenciado – foram descobertos. Casos, inclusive, de polícia.

Depois disso, eles desapareceram. Se foram transferidos dali para um outro hospital ou direto para delegacia, não fiquei sabendo, só sei que não os vi mais e nunca mais pretendia vê-los. Infelizmente, o garoto ruivo não recuperou seu boné, nem a mulher de cabelos branquinhos sua bengala. Mas, com certeza, não seriam mais importunados. Fiquei matutando o que mais de tão ruim os dois sem-vergonhas teriam aprontado. O pouco que eu havia visto já fora suficiente para classificá-los como desumanos.

Fiquei mais três dias ainda no hospital. Não via a hora de ir para casa. O garoto ruivo saiu um dia antes de mim, com um novo boné na cabeça que seu pai lhe dera. Me deu um tímido tchau. A senhora de cabelos branquinhos, que descobri chamar-se Isaura, continuou internada. Lembro-me de que quase todos os dias ela devolvia tudo o que lhe colocavam na boca, nada parava em seu estômago – acho que nem dava tempo de a comida chegar lá. Era horrível! Mas o nojo cedia lugar ao dó, a um dó solidário, pois percebia-se que ela sofria muito com isso. Uma dor calada. E sua dor doía profundamente em mim. Ela, a Dona Isaura, sempre quietinha, cada dia mais magra, vivia ali, praticamente à base de soro e medicamentos.

Raramente alguém ia visitá-la. Seu único sorriso ficou para sempre na minha memória. Fico me perguntando se ela se curou daquilo que eu nunca soube o que era. Talvez fosse solidão. Será que deram a ela uma nova bengala?

Alguns dias depois, já em casa, resolvi contar para minha família a história do xixi. Antes da decisão, ficava me perguntando: "Pra quê? Já foi, não foi? Em que é que isso vai ajudar agora?". Mas não teve jeito, o anjinho do meu ouvido direito é quase sempre mais forte que o diabinho do esquerdo (em algumas situações especiais, prefiro dar ouvidos ao diabinho). Acho que eu precisava mesmo desabafar. Contei tudo e, enquanto minha irmã levava a mão à boca para não deixar escapar as risadas, minha mãe me disse apenas que eu corri um sério risco de ser pego em flagrante e até de ser apontado como o tal ladrão de roupões do hospital. "Já parou pra pensar nisso, filho?", perguntou-me, com voz de veludo, preocupada. Mas nada falou sobre o ato em si, sobre o que eu havia feito com o meu xixi. Meu pai ficou em silêncio por alguns instantes, criando uma certa expectativa em todos, mas, em tom severo, fez seu breve e único comentário: "Não poderia ter sido cocô em vez de xixi, filho?".

Não deu para aguentar. Minha irmã liberou uma explosão de gargalhadas – essa era a minha irmã – que logo contagiou a todos dentro daquela casa, explosão idêntica à daquele dia do caos, lá no quartão.

Me senti mais leve ainda...

Depois de várias semanas, voltei ao hospital para tirar o gesso. A ponta de metal ainda me intrigava. Pensei: "Será que vai ficar pra sempre em meu pé?". Mas logo em seguida o médico entrou, me examinou e disse: "Como é que esse prego sem cabeça foi parar aí, garoto?" Deu um sorriso discreto e completou: "Você gosta de mágicas?". Aproximou-se do meu pé e, antes que eu pudesse responder "sim", o metal já não estava mais lá. Fiquei boquiaberto! Não me lembro de ter doído.

Antes de sairmos do hospital, pensei na Dona Isaura... mas fiquei com medo de perguntar sobre ela.

O metal arrancado do meu pé deve ter sido, sei lá por quê, o grande responsável por meu calcanhar alcançar o chão. Aos poucos, com algumas sessões de fisioterapia, voltei a caminhar normalmente, embora a diferença no comprimento das pernas, que era de uns dois centímetros (hoje passa de três e meio), me fizesse mancar. Foi necessário usar uma palmilha especial para diminuir essa diferença, mas ainda assim, capengo um pouquinho para o lado direito.

Chato era também usarem isso na escola para caçoar de mim. Pura maldade.

"VOCÊ PODE, FILHO!"

Voltando ao dia fatídico – aquele, do meu atraso na aula do professor Alvo –, quando saí da sala de aula não quis falar com ninguém. Fui direto ao banheiro e fiquei fuçando nos jogos do meu celular para me distrair, fugir, para variar, dos meus fantasmas. Ao retornar à sala, dei de cara com a Lígia. Ela estava me esperando, queria saber de mim, pois já haviam contado a ela o que aprontaram comigo na aula de português.

– Agora não, Lígia! – disse a ela, por conta do grande movimento no corredor. – Pode ser depois? – perguntei, quase implorando.

Normalmente, nos encontrávamos ou na minha casa ou na dela, sempre à tarde, nos fartando com os maravilhosos lanches que as duas mães sabiam preparar como ninguém. E também aproveitávamos para estudar algumas matérias, principalmente nas semanas de provas. Nesses encontros a Lígia sempre surgia com novos projetos, casas e árvores de cabeça pra baixo, claro, sonhando em um dia colocá-los em prática. Curiosamente, embora para mim pudesse ser até mais fácil usufruir dessa tecnologia que me permitia não ficar cara a cara com outra pessoa, eu e a Lígia nunca curtimos muito a ideia de conversar pela internet. Muito menos aquela paranoia com que a maioria do pessoal da escola conversava. O programa me assustava, aquela musiquinha avisando que alguém estava chamando – nossa! – me deixava apavorado! Raramente fazíamos isso, preferíamos um bate-papo cara a cara, já que ela era uma das poucas pessoas com quem eu me dava bem na escola. Nós nos parecíamos muito nesse aspecto. Diferentemente dos outros, não éramos apegados ao mundo virtual.

    Na saída, concentrado em meu instrumento de fuga – o celular –, não ouvi a Lígia me chamar. O Sérgio deu uma cutucada nas minhas costas e eu me virei, assustado.

    – A Lígia, Tabó. Está chamando você – disse Sérgio, apontando para trás.

    O Sérgio era um cara legal, de poucas palavras, mas não tímido como eu. Ficava na dele quando zoavam comigo. Não participava, mas também não tomava as minhas dores.

    – Ah... Valeu, Gio! – era como o chamávamos.

    Fiz um sinal para minha mãe esperar um pouco e fui ao encontro da Lígia.

    – Oi, Lígia!

    – Oi, Tabó, preciso contar uma coisa pra você.

– É? Pode falar, Lígia. Só não posso demorar muito – ela sabia que eu não gostava de conversar na frente de todo mundo.

– Minha mãe já está aí – completei.

– Ok. Bem... O Carlos, sabe? O Carlos da sua classe?

– Sei...

– Ele veio falar comigo sobre você.

– Sobre mim? Ué, e o que ele tem pra falar sobre mim? Mal me conhece. Fiz alguma coisa pra ele?

O Carlos era meio como o Gio, mas na hora das gozações ficava sempre do lado do mais forte – se é que esse adjetivo se encaixa nesse tipo de gente. Claro que eu gostaria que ele fosse meu amigo, como era a Lígia, mas eu não achava legal esse oportunismo dele de ficar ao lado de uma gangue só para não ter que enfrentá-la. E contra mim, ainda! Mas quem era eu para falar sobre o medo das pessoas?

– Não fez nada, Tabó! – respondeu Lígia, em tom de bronca.

– Já disse que precisa parar com essa história de achar que tem sempre culpa no cartório!

Deu uma pequena pausa, antes de continuar.

– Ele é que fez pra você!

Fiquei meio confuso. Esperei que ela me explicasse.

– Disse que está arrependido da zoação na aula de português... Ele também participou – completou Lígia.

– Acho que todos participaram, Lígia – respondi, meio revoltado, estalando os dedos.

– Nem todos – disse, Lígia. – O Gio e a Gisele não. Ah, acho que o Fabrício também não...

– Não sei, não vi. Pra dizer a verdade, não consegui ver nada.

Nisso tocou o meu celular. Era minha mãe. Eu tinha que ir, pois ela precisava passar no mercadinho.

– Posso dar um pulo na sua casa mais tarde, Tabó? Aí conversamos melhor...

– Combinado – respondi, caminhando em direção ao portão. – Até mais, então, Lígia.

– Até! – despediu-se ela.

Minha mãe já estava com o carro ligado e a porta aberta.

– Tenho que comprar algumas coisas, filho. Você demorou. Entra.

Ficamos um pouco em silêncio, mas minha mãe não demorou muito para quebrá-lo.

– Hoje à noite temos ensaio no Barracão. Todo o grupo vai pra lá. Quer ir com a gente? – perguntou ela, percebendo minha cara murcha.

Nem sei há quanto tempo meus pais participam desse grupo de pantomimas. Aos trancos e barrancos eles vão levando, resistindo às dificuldades. Eles sim, posso dizer que são verdadeiros heróis! Fui centenas de vezes aos ensaios e apresentações do grupo, desde a época da garagem de meu tio Paulo. Gostava quando me maquiavam e me faziam sentir parte deles. Era uma sensação muito boa!

Barracão era o nome do novo espaço do grupo, que hoje, infelizmente, não existe mais. Levantado à custa de doações e de parte de seus salários – a maioria, como meus pais, tinha emprego fixo –, e também com o pouco que arrecadavam nos espetáculos. O terreno era alugado, mas sonhavam, um dia, poder comprá-lo. Ficou somente no sonho. Houve um ano em que quase perderam o espaço por ficarem quatro meses sem pagar o aluguel. Meses difíceis, com pouco dinheiro. Não fosse mais uma vez a persistência do grupo, a ajuda do tio Paulo e de alguns amigos, e um pouco de compreensão do proprietário, o espaço teria deixado de existir já naquela época, como tantos outros por aí.

Dentro do Barracão deviam caber umas oitenta pessoas. Não era muito grande, mas aconchegante. Parte era lona, parte madeira e alvenaria. Lembrava um circo, mas tinha um palco no centro, redondo e não muito alto, com uma pequena passarela atrás que dava nos camarins, onde guardavam toda a maquiagem (doada por pequenas empresas em troca de ingressos para os funcionários) e os figurinos, confeccionados pelos próprios atores. Foram eles também que fizeram todas as almofadas presas às cadeiras ao redor do palco. Os tecidos, estampados com motivos circenses, também foram frutos de doação. Nas paredes frontais pintadas de preto, que escondiam os bastidores, dois enormes desenhos em branco, estilizados – como se víssemos a arte em negativo –, decoravam o espaço. De um lado, os rostos de Carlitos – personagem de Charlie Chaplin que encantou o mundo –, um com ele sorrindo e outro chorando, numa alusão às duas máscaras que simbolizam o teatro; e do outro lado, os rostos de Bip, acompanhando a mesma ideia. Esses desenhos também foram feitos pelo próprio grupo e davam um toque especial ao teatro. Pena! Pena que tudo isso já não esteja mais lá. Chegou uma hora que não teve jeito: tiveram, tempos depois, que demolir o teatro e entregar o terreno.

Hoje, o grupo continua junto, claro. O Sem Palavras, como já falei, é sinônimo de resistência. Mas estão em outro lugar, num pequeno galpão cedido pela prefeitura, que antes servia como depósito de materiais. Estava imundo, jogado às traças, mas reformaram o espaço e começaram tudo de novo, mantendo o mesmo nome: "Barracão". Sabem que a cada mudança de prefeitura correm o risco de ser expulsos, mas é a única opção que têm hoje para seguir com seus projetos artísticos. Em troca do espaço fazem algumas apresentações para alunos das escolas municipais, o que dá a eles um enorme prazer, pois as crianças participam de tudo, arregalam os olhos e saem de lá encantadas.

– Não sei se dá, mãe – respondi à pergunta sobre o ensaio do grupo. – A Lígia vai lá em casa pra gente conversar...

Minha mãe deu um sorriso, daqueles, que querem insinuar alguma coisa. Lembro-me direitinho dela me olhando com o rabo dos olhos.

– Vocês se dão muito bem, né, filho? Acho que isso um dia ainda vai acabar em casamento...

Enrubesci na hora (eu jamais diria a alguém que já havia pensado na Lígia como minha primeira namorada. Nem mesmo para minha mãe).

– Pô, mãe! Que saco! – respondi, grosseiramente, com a voz trêmula. – Somos muito amigos, só isso! Droga!

Minha mãe mudou o tom de voz.

– Opa, vespeiro à vista! Deixa eu colocar meu equipamento de proteção... – retrucou ela.

Me toquei da grosseria. Minha mãe não merecia isso. Não mesmo! Ainda mais sabendo que o que ela havia dito não era uma coisa tão absurda assim. E ela só estava brincando comigo. Fiquei paralisado por alguns segundos e depois resolvi me retratar.

– Foi mal, mãe, desculpe...

– Tudo bem, filho... – disse minha mãe, retomando o tom ameno da voz – Mas o que é que houve? Aconteceu alguma coisa na escola, né? Pode me contar? – perguntou ela.

– Bobagem, mãe. Entrei atrasado na aula de português, você sabe. Só isso.

– E...?

– E aí me zoaram, claro. Pra variar...

– E virou o tatu que virou bola, certo?

– Sim, mãe. Coisas de Tabó...

– Tabó... – minha mãe riu, discretamente. – Lembra, lá no Barracão, não faz muito tempo, quando você se maquiou escondido e depois subiu ao palco com um pedaço de papelão escrito "Tabó, o palhaço só"? Entrou no estilo Chaplin, com um guarda-chuva pendurado no braço e segurando um prato de plástico na cabeça, como se fosse um chapéu? Sentamo-nos todos na plateia, aos poucos, curiosos para ver até onde você iria com aquela apresentação surpresa. Através da mímica, você tentava nos dizer, desesperado, que tinha acabado de perder seu cãozinho e precisava encontrá-lo de qualquer maneira.

– É, não sei como consegui fazer aquilo... – disse, admirado comigo mesmo.

– Mas fez. E muito bem feito! – elogiou minha mãe.

– Talvez porque eu não tivesse que falar...

– Aí... – continuou minha mãe. – Tabó, o palhaço só, desandou a chorar. Apenas com expressões e gestos, como nós, pantomimeiros. Chorava tanto que, à sua volta, um mar de lágrimas começou a surgir. Você abriu o guarda-chuva e o transformou num barco. Usou o prato como remo e fingiu navegar em busca de seu cãozinho. Mas as lágrimas não paravam de escorrer pelo seu rosto e cair dentro do barco. Você, então, deixava de remar e passava a tirar, com o prato, as lágrimas de dentro dele pra que não afundasse e, com isso, perdesse a chance de encontrar seu cãozinho. Repetia isso diversas vezes, chorando. Remava, tirava as lágrimas do barco, remava, tirava as lágrimas do barco... Lembra?...

Eu tentava visualizar a cena mentalmente, relembrando, mas como se estivesse na plateia e não no palco. Minha mãe prosseguiu.

– ...Até parar e, com a mão na testa, fingir ter avistado algo que parecia ser seu pequeno cão. A gente só percebeu que você o viu mesmo quando a boca, triste, foi, aos poucos, abrindo um largo sorriso e os braços desenharam o Cristo Redentor. Ameaçamos aplaudir, mas você, com o dedo indicador nos lábios, pediu silêncio. Rimos baixinho. Ainda viria o *grand finale*. Você acelerou as remadas até atracar numa provável ilha, e quase tropeçou nessa hora... Mas não perdeu o rebolado: saiu de dentro do guarda-chuva e aproximou-se de seu cãozinho com o prato na cabeça. Perplexo, ao perceber que ele não se mexia, começou a acariciá-lo. Pegou-o no colo – sua interpretação surpreendia a todos, apesar de alguns excessos – e descobriu que não havia mais vida naquele pequeno corpo. Apertou-o no peito como se apertasse o próprio filho e, zigue-zagueando, olhou para todos os lados, não admitindo a perda irreparável. Lançou o prato e o guarda-chuva pra bem longe. Não precisaria mais deles. E voltou a chorar desesperadamente com o animal nos braços, desta vez, afogando-se – sem se importar – em suas próprias lágrimas por não suportar a vida sem o seu cãozinho...

– Meio triste, né? – disse, em tom de crítica. – Vocês aplaudiam e choravam ao mesmo tempo...

– Sim, triste, mas também lindo, emocionante! – respondeu minha mãe. – Gostamos tanto da sua apresentação que demos de presente a você um estojo de maquiagem teatral, lembra-se?

– Sim, claro! Fiquei feliz da vida! Ele está na minha mochila, mãe. Não largo dele nem pra ir ao banheiro.

– Percebe como conseguiu com que todos parassem e ficassem em silêncio pra assistir a sua apresentação? Você pode, filho, pense nisso. Vo-cê po-de! Foi uma pantomima inteligente, criativa. Claro, faltou ali uma direção, um pouco de técnica... mas não há como negar sua veia artística. Por isso, acho ótimo quando vai ao teatro com a gente. Você aprende, se solta, parece outra pessoa.

Meus pais sempre defenderam a ideia de que o teatro é uma excelente ferramenta para ajudar as pessoas a enfrentar certas situações de medo e ansiedade, e que se eu me dedicasse aos palcos, cedo ou tarde superaria minha timidez excessiva.

– Então, mãe, aí é que está! – respondi. – Não quero ser outra pessoa, quero ser eu mesmo e não um palhaço ou um tatu-bola!

– Modo de falar, filho. No palco a gente pode ser quem a gente quiser: rei, rainha, bobo da corte, bicho, palhaço, árvore, mendigo... Tudo!

– É, acho que foi por isso que eu consegui, mãe. Acho, não, tenho certeza. Não era eu naquele palco.

– Claro que era. "Tabó, o palhaço só" foi criado em cima de uma vivência sua! É um talento que você tem, como tem o pintor ao transferir seus sentimentos para as telas, o compositor para as músicas que compõe. Você simplesmente assumiu seu personagem, como fazem grandes atores e atrizes – respondeu minha mãe, com ênfase.

– Menos, mãe! Menos... – disse, com humildade. Ela riu. Dei uma pausa. – Acha mesmo isso, mãe? – perguntei, em seguida.

– Por que eu mentiria pra você, filho? Aqui fora as coisas são diferentes, eu sei. Mas tudo que fazemos no palco nos ajuda e ajuda as pessoas, de alguma forma, a enfrentar certas rudezas da vida. Você já é quase um adolescente, está na hora de pensar um pouco mais em você, em sua autoestima. Sei que vou ser chata em repetir, mas... você pode, filho! Acredite.

Talvez minha mãe estivesse certa. E lá estava eu novamente me questionando, meio que repetindo aquela pergunta que já havia feito sobre a minha cara de pau de quando era pequeno: "Por que não sou assim na vida real, como sou no palco?".

Era difícil entender como é que sobre um tablado eu conseguia ficar à vontade, encarar uma plateia de atores exigente, interpretar intensamente um personagem repleto de emoções, e não conseguia encarar os colegas da escola, as pessoas, de uma maneira geral? Por quê? Por que uma coisa aparentemente tão boba virava um *tsunami* na minha cabeça? Por que eu não poderia, de repente, fazer das pessoas à minha volta uma simples plateia? Fazer da escola, das salas de aula e das ruas um palco e, sobre ele, ser o ator protagonista ou coadjuvante do espetáculo de todos os dias?

Por que não? Não parecia ser tão complicado assim.

Nisso, senti um ardor, algo me aquecendo por dentro como chá de gengibre; mas uma sensação boa, porque parecia expulsar de mim certos fantasmas.

Depois do mercado, voltamos para casa. Meio calados. Minha mãe sabia que eu ainda refletia sobre a nossa última conversa e respeitou meus pensamentos.

"Tabó, o palhaço só" respirava forte dentro de mim.

A PRAÇA
DOS FIGOS

Lígia apareceu lá em casa no finalzinho da tarde, conforme combinamos.

– Oi, Tabó! – cumprimentou Lígia, com um leve sorriso nos lábios. – Tudo bem? Sei que vai recusar, mas... quer um pedaço?

Ela comia uma barra de chocolate. Sempre que me ofereciam alguma coisa, fosse quem fosse, eu recusava. Mesmo se estivesse morrendo de vontade.

– Não, Lígia... – agradeci, mas mudei de ideia logo em seguida. – Bom, só um pedacinho, tá? – falei, já estendendo a mão em forma de concha.

Aceitar o chocolate da Lígia foi algo incrível, espantoso! E inesperado. Ela mesma estranhou, arregalou os olhos e demorou um pouco para colocar um pedaço do chocolate na minha mão. Mas depois curtiu. E eu idem.

Senti novamente aquele ardor. Novos fantasmas abandonavam meu corpo. Pude ouvir um grito de alegria ecoando dentro de mim, como a pedir passagem; seria mais fácil ignorá-lo, mas eu estava compreendendo cada vez mais a necessidade – e a possibilidade – de soltá-lo, para me aproximar de mim mesmo.

Entramos e ficamos na sala. Contei a ela sobre o dia do meu atraso na aula de português e que achava que, da forma como as coisas aconteceram, o Adalberto era tão mau-caráter quanto a Dona Martha.

Lígia disse que eu estava sendo injusto, que era cisma minha, que ninguém, uma vez sequer, questionou o caráter do professor Alvo, ao contrário do que pensavam da Dona Morta. Depois retomou aquela conversa sobre o Carlos.

– O Carlos, quando me procurou...

– Por que ele procurou você e não eu? – interrompi, inconformado.

Lígia começou a explicar, enquanto o último pedaço de chocolate derretia em sua boca.

– Então... foi o que perguntei ao Carlos também. Mas ele disse que não tinha coragem, que não conseguia olhar pra você depois de tudo que aconteceu hoje. Amanhã, talvez ele conseguisse. Foi o que me falou.

– Puxa, estou começando a achar que eu não sou o único covarde nessa história...

– Eles são os covardes, Tabó! Somente eles! – disse Lígia, revoltada. – Eles provocam você só quando estão em turma. Nunca sozinhos. Já reparou? Aí rola esse tipo de coisa: quando têm que encarar alguém de frente, sem o bando, desaparecem.

– Bem, e aí? – perguntei.

– Ele pediu pra marcar um lugar com você, um lugar que não fosse a escola. Eu sugeri a Praça dos Figos ao lado da minha casa, embaixo da figueira. No sábado, depois de amanhã, um pouco antes do almoço.

– Antes do almoço? – perguntei.

– É, às onze horas – confirmou Lígia.

– Estranho... – comentei.

Lígia tensionou os ombros.

– Vai saber... – disse ela. – O Carlos prefere conversar longe dos outros. Falou que depois explica o motivo.

O Carlos queria pagar um picolé para mim, acho que como quem pagasse uma dívida. O carrinho de sorvete do Josevaldo costumava ficar naquela praça, ao lado da casa da Lígia, à sombra da figueira. Questionei com a Lígia aquela bondade repentina do Carlos.

– O que acha disso tudo, Lígia?

– Não sei, Tabó. Ele parecia, tipo... sei lá... sincero.

Dava para perceber que Lígia não estava assim tão convencida. Fiquei na minha e ela na dela por alguns segundos.

– Na verdade achei essa história muito esquisita, Tabó! – confessou ela, subitamente.

O Carlos, apesar de juntar-se aos mais perversos (a maioria) quando lhe convinha, não era um cara ruim. Já demonstrou várias vezes que não se sentia bem com essa situação, mas o medo de apanhar do Laércio o fazia pensar duas vezes. Analisei: "O medo está por todo lado, medo disso, medo daquilo, mas não há como classificá-los de melhores ou piores, são todos assustadores. O medo chega a ser mais assustador do que a própria causa do medo." Concluí: "O medo do medo é assustador." Aí, percebi que o medo levava ao infinito: o medo do medo do medo do medo... tipo, dízima periódica. Então, parei. Voltei ao Carlos, que também tem medo, mas que não é um cara ruim. Sei que pareço dizer: "Aquele cara é mau-caráter, mas é legal!", meio que justificando ou se contradizendo. Mas o Carlos não é mau-caráter, é gente boa tentando ser ruim, entende? É difícil gente ruim tentando ser boa, mas o contrário é mais comum. Só que o Carlos é um desses que não consegue ser ruim, e em algum momento acaba se entregando. Quer ver? Uma vez a Gisele ia levar a maior bronca da Dona Martha porque não estava prestando atenção na aula. Dona Morta, percebendo isso, lhe fez, de supetão, uma pergunta sobre a matéria que estava dando:

– Você deve saber sobre qual rio estou falando, não, Gisele?

A classe inteira olhou para Gisele. Ai, se fosse eu no lugar dela! Ela, assustada, se enrolou toda para responder.

– N... si... sim... professora...

– Pode me dizer o nome dele e qual a sua extensão? – perguntou Dona Morta, com uma das sobrancelhas arqueadas.

Enquanto ela perguntava, o Carlos – eu vi –, que se senta bem na frente da Gisele, ia escrevendo rapidamente em seu caderno com letras grandes: S. Chico. E em seguida, logo abaixo: 2863 km, e deslocou o corpo um pouquinho para que ela pudesse ler. Gisele livrou-se da bronca.

Isso prova aquilo que eu estava falando sobre o Carlos. Se ele fosse realmente ruim, jamais faria o que fez. No mínimo, teria torcido para que a Gisele se ferrasse, que é o que deve ter feito o Laércio. O Carlos merecia uma chance.

Minha mãe entrou na sala, apressada. Acabara de voltar do trabalho.

– Oi, dois! – cumprimentou-nos.

Ela costumava falar desse jeito quando se referia a nós, Lígia e eu. Deu um beijo na gente e, em seguida, foi preparar um lanche, aquele, que só ela e a mãe da Lígia sabiam preparar. Minha irmã apareceu. Estava arrumada, pronta para sair.

– Olá, casalzinho! – brincou ela. – Tudo bem por aí? Ooooi, mãe! Hummm! Que cheiro bom é esse? – perguntou, dirigindo-se à cozinha.

O aroma suave de seu perfume ficou espalhado no ar e misturou-se, aos poucos, com o cheiro de bolo que vinha da cozinha e que logo tomou conta da casa. Irresistível! Dava para ouvir o blá-blá-blá empolgado das duas. Na certa trocavam figurinhas sobre a nova receita, pois minha irmã também adorava cozinhar.

Minha irmã, Márcia, é divertida. Até hoje. Até sempre. Ninguém da família pode levar um tombo na frente dela; se isso acontecer, saia de perto. Ela vai se esborrachar de tanto rir. É algo incontrolável. Incurável! E se alguém porventura se machucar na queda, pode ter certeza de que ela vai sair dali com as mãos na boca para poder, distante, liberar as risadas. Lembro quando meu pai escorregou no tapete da sala e tudo o que tinha nas mãos voou junto com ele: papéis, livros, caneta e também seus óculos de leitura. Para seu azar, minha irmã estava ali naquele exato momento. Nossa! Minha mãe teve que socorrer os dois, um pelo tombo e a outra pela crise de risos. O pior é que o contágio da risada é inevitável. Todos acabaram chorando de tanto rir, inclusive meu pai que, desmantelado no chão tentando pegar os óculos, parecia um saco desengonçado de risadas.

Uma vez, num *shopping*, minha mãe teve que tirar minha irmã às pressas de lá para que não fossem advertidas pelos seguranças. Ela – minha irmã –, quando tentava pegar uns sapatos na estante de uma loja, perdeu o equilíbrio e caiu sobre as dezenas de caixas que estavam organizadas feito pirâmide ao seu lado, várias pirâmides, e fez a maior destruição, porque aquilo virou uma fileira de dominós desmoronando. Gritos, caixas para todo lado e quatro pernas para o alto: minha mãe também desmoronou, tentando segurar minha irmã, que já estava gargalhando durante a queda. Ria da minha mãe, das caixas, ria do tombo que ela mesma tinha levado. Acreditem! Minha mãe foi praticamente arrastando minha irmã – que não parava de rir – até o carro, com trocentas pessoas olhando para elas. No estacionamento perderam até o fôlego, de tanto que riram.

Depois do lanche, cada um foi para o seu lado. A Lígia para sua casa, minha irmã ao encontro do namorado e eu resolvi, de última hora, ir com minha mãe ao ensaio do Sem Palavras, no Barracão. Meu pai iria mais tarde para lá, direto do trabalho. Nessa época, ele era assistente de redação numa pequena agência de propaganda, responsável pelas revisões de texto. O que ele almejava mesmo, era um dia passar a redator – o que conseguiu mais tarde –, pois adora escrever e, como já disse algumas vezes, faz isso com muito talento. Embora o grupo de teatro explore somente a mímica – como já disse, não existe nenhuma fala em suas peças –, é preciso que haja um roteiro, uma história para ser passada, e é meu pai quem cria esses roteiros, sugere as ações, dirige os espetáculos.

Dei um tchau para Lígia.

– Amanhã a gente se vê – levei a mão à boca. – Beijo! – disse, bem baixinho. Eu nunca a beijei de verdade, mas o gesto do beijo já significava um novo avanço.

"EU POSSO!"

Pode ser muita pretensão minha me chamar Marcel – embora não tenha sido eu a me colocar esse nome –, mas acho que quando me registraram já deviam estar sabendo que eu iria, em algum momento, me apaixonar pela ideia, seguir pelo mesmo caminho do homenageado. O essencial, segundo o pessoal do Sem Palavras, eu já tinha: talento e vocação. Meus pais nunca me forçaram a isso, mas quando perceberam que eu levava jeito, que eu gostava de subir ao palco e me exibir, fazendo um monte de palhaçadas, me estimularam. "Sabemos que ainda será um grande artista, filho! Sentimos isso", diziam. Esse estímulo me animou muito a aprender com o grupo o beabá da pantomima e a fazer inúmeros exercícios para desenvolver essa técnica. Talvez isso pudesse parecer muito chato para alguém da minha idade, mas para mim não era; aquilo tudo virava uma grande brincadeira. O grupo todo, na verdade, sempre me deu um empurrãozinho. Desde aqueles tempos – lembra? – do "cocozinho voando" e das imitações bobas que eu, inocentemente, fazia.

Minha irmã também participava das montagens, mas não como atriz. Ela ajudava no material de divulgação, criava os cartazes, as filipetas e fazia todo o acompanhamento gráfico, para garantir que tudo saísse como o planejado. Ela era boa nisso, caprichosa, pretendia um dia trabalhar numa agência de propaganda, como nosso pai, só que na área de criação. Mas, no meio do caminho mudou de ideia. Partiu para gastronomia. Pois é. Hoje, ela é *chef* de cozinha num pequeno restaurante do bairro do Bixiga, em São Paulo. Fico imaginando minha irmã na cozinha e, de repente, alguém levando um tombo perto dela. Ou um cliente, dentro do restaurante. Deus do céu! Melhor nem pensar nisso...

Quando eu ia fazer nove anos, havia pedido aos meus pais de presente de aniversário um violão, qualquer um, bem simples, desde que tivesse cordas e emitisse um som razoável. Me deram. Aprendi a tocar com meu primo Adilson, o Chicão, filho de minha tia Neuza, usando algumas revistas de música que ele comprava e me emprestava nos fins de semana. Ele também tinha olhos azuis, mas não eram tão transparentes e nem sorriam como os da minha tia. Depois, o Chicão desistiu de tocar e me deu todas as revistas e alguns livros mais complicados sobre cifras, que eu "devorava" nas horas de folga, momento em que eu não tinha que estudar para as provas nem ir ao colégio. Eu queria tanto aprender a tocar bem aquele instrumento, que ficava ouvindo uma determinada música quinhentas vezes, indo e voltando o CD, pegando acorde por acorde, nota por nota, até conseguir tocá-la exatamente como estava na gravação. Além de funcionar como um belo exercício, eu abria um leque enorme de músicas no meu repertório. Descobri que a música também fazia parte de mim. Mas somente meus pais, minha irmã e a Lígia sabiam disso. Sonhava subir ao palco com meu violão, um dia, e cantar, cantar bem alto, completamente desinibido e dono da minha voz. Certa vez, disse isso a meu pai e ele, sabendo da enorme vontade que eu tinha de ser pantomimeiro, brincou:

– Cantar? Como? Um mímico jamais será dono de sua voz.

Mas esse comentário gozador dele renderia sérios frutos, pois anotou rapidamente num guardanapo de papel algumas ideias que logo se transformariam em um novo roteiro.

No dia seguinte, a aula de Matemática foi puxada. Reparei que havia um silêncio fora do normal na classe, mas resolvi atribuir isso à matéria que estava sendo dada. Outra coisa que estranhei foi a ausência do Carlos. Faltar a uma aula de Matemática era suicídio. Só em caso de doença, mesmo! Ainda assim, a Gisele, uma vez, arriscou-se a assistir à aula com quase trinta e nove de febre. Doidinha, ela! O professor percebeu seu mal-estar e na mesma hora pediu para que chamassem seus pais e a levassem para casa. Ela saiu chorando.

Mas e o Carlos? Como acertaríamos o encontro daquele sábado? Eu já estava decidido a me encontrar com ele na Praça dos Figos, tomar um sorvete e ouvir suas desculpas. E até perdoá-lo. Nem o número de seu celular eu tinha, muito menos seu e-mail. Só sabia onde ele morava, que era a umas seis quadras de casa. No intervalo, contei a Lígia que ele não foi à aula, mas ninguém sabia o motivo. Até o Gio e o Fabrício vieram perguntar sobre ele.

– Caramba! Faltou à aula de Matemática do Marcão? – perguntou Lígia, espantada.

– Faltou – respondi. – Agora não sei se devo ou não ir ao encontro.

Só então me dei conta de que estava bem no meio do pátio, conversando com a Lígia sem me incomodar com aquele monte de gente.

– Opa! – comentei, sem sair dali.

– Yes! Excelente, Tabó! – ela disse, percebendo a minha nova conquista.

Tocou o sinal. Nem sentimos a hora passar. Só deu tempo de abocanharmos uma fruta. Quase sem mastigar. A Lígia, uma maçã, e eu, uma banana, minha fruta preferida.

Ouvimos alguns idiotas gritando, meio cantando:

O Tabó, cara de bocó,
 vai engasgar
com a banana no gogó!

Deram uma pequena pausa e depois continuaram com a idiotice:

O Tabó entalou,
entalou o Tabó
a banana no gogó!

Repetiram várias vezes até caírem nas risadas.
Pela segunda vez naquele dia, por incrível que pareça, não me escondi em mim mesmo. Em vez de baixar a cabeça, procurei pelas vozes até conseguir ver direito quem eram os provocadores. Adivinha! Sílvio, Marília, Júlio e... Laércio, claro. Este último jamais ficaria de fora. Ainda estavam rindo, olhando de soslaio para mim e caminhando em direção à sala de aula. Admirei o Felipe e o Ricardo não estarem nessa. Nem a Margareth, que adorava puxar o saco do Laércio. Todos sabiam que ela era caidona por ele.
A Lígia não acreditou: eu não tinha virado tatu-bola!
– Tabó! Como...
Interrompi, antes que ela completasse a frase.
– Não me pergunte, Lígia. Nem eu sei como.
Sabia, sim: mais fantasmas estavam abandonando meu corpo.
Dei um tchau para ela e segui pelo corredor, confesso, tremendo um pouco das pernas. Mas, sem dar o braço a torcer, entrei na sala de aula, orgulhoso por não ter incorporado o

tatu-bola em duas situações "de risco". Mesmo com um medo oculto tentando me abocanhar, tomar conta de mim, sorri.

Enquanto me sentava, observei o Laércio com um lápis na mão fingindo enfiá-lo na garganta, simulando um engasgo que supostamente seria o meu com a banana. Seus comparsas riam feito bobos com o teatrinho de mau gosto, mas por pouco tempo, pois o professor acabara de entrar na sala.

Eu estava bem. Um pouco trêmulo ainda, mas sem me esconder. Já havia dado o primeiro passo para me sentir vivo diante das pessoas, diante do mundo. Certamente – refleti –, esse primeiro passo fora dado antes até de tudo isso acontecer, lá atrás, nos encontros com o grupo de pantomimas, nas aulas de mímica, nas representações no palco e nas conversas que tive inúmeras vezes com meus pais, minha irmã e a Lígia.

No meio da aula, Laércio, percebendo que eu ainda não havia virado tatu-bola, fez mais uma investida: mostrou um desenho malfeito do meu rosto com uma banana na boca, escrito no alto: "um banana engolindo uma banana"! Quase todos, abafando com as mãos, riram daquele tosco cartaz; riram de mim, na verdade.

Não demonstrei qualquer tipo de reação. Até pensei como cairia bem naquela hora, no contexto das bananas, a imagem dos três macaquinhos com as mãos na boca, nos olhos e nos ouvidos. Se eu fosse rápido teria desenhado isso e mostrado a eles.

Mas se eu pensava em ser mímico e estava lutando para isso, por que não aproveitar aquele momento? Em questão de segundos, quase que automaticamente, fiz os três gestos dos macaquinhos com as mãos, bem devagar, duas vezes, movimento por movimento, para que entendessem bem o meu recado. Foi o suficiente para deixá-los impressionados, pois, pela primeira vez, respondi a uma provocação deles. Senti a decepção do Laércio, latejando em sua cara molenga.

"Sim, minha mãe tinha razão: eu posso!", gritei, em pensamento.

Suspirei, aliviado. Parecia que tudo, finalmente, começava a se encaixar, a fazer sentido.

MEU PRIMEIRO PAPEL

O sábado estava chegando. Mas havia ainda toda uma noite de sexta-feira para ser aproveitada. Fomos novamente aos ensaios. Meu pai, a partir daquele comentário sobre minha vontade de um dia subir ao palco com meu violão e cantar, escreveu um roteiro sobre a história de um mímico que era violeiro cantador e que revoltou-se por sua música ser somente imaginada pela plateia através dos movimentos de seus lábios, mas nunca *ouvida* de fato. Queria, a qualquer custo, que as pessoas ouvissem o timbre de seu violão e de sua voz, e apreciassem suas inspiradas composições, contrariando, assim, a essência de sua arte: o *silêncio*.

Havia um personagem criança na peça e meu pai certamente pensara em mim ao criá-lo. Não só ele e minha mãe, mas o grupo todo queria muito que eu fizesse parte do elenco e eu não consegui esconder a enorme alegria que senti ao ser convidado para o meu primeiro papel de verdade num espetáculo teatral. Imaginem um filhote de pássaro conquistando os ares em seu primeiro voo. Era assim que eu estava me sentindo.

Eu seria o filho do violeiro cantador e também teria um violão, embora ele fosse bem menor que o do pai. Mas a dor que o filho sofria não era menor que a dor do pai. Os dois, pai e filho, queriam que a mímica abrisse uma excessão para a voz no momento exato do canto. Mas, como? Como quebrar a mudez sublime da pantomima sem, ao mesmo tempo, destruí-la?

Esse era o nó central da peça. Só sei que no final... Bem, finais de bons espetáculos e filmes não se contam. Mas, vou contar sobre uma cena bonita que meu pai escreveu e que ainda hoje guardo na memória:

> Os dois violeiros, esgotados de tantas e fracassadas tentativas para recuperar a voz, ficariam de joelhos, cara a cara, corpos arqueados, entregues ao peso dos braços cansados. Olhariam cada um para o violão do outro, e depois para o próprio violão e descobririam, com a mais pura das estranhezas, que neles não havia uma corda sequer. Como é que nunca perceberam isso? Bastariam somente alguns segundos para que compreendessem o porquê. Trocariam olhares, abraçariam seus instrumentos e depois partiriam, pai e filho, lado a lado, aceitando plenamente o destino silencioso a eles atribuído. Eles: violeiros, violões e vozes.

Meu pai sempre escreveu seus roteiros como um poeta, pois acredita que textos poéticos dão mais elementos aos atores, particularmente aos mímicos, inspira-os a buscar gestos e expressões mais profundos.

O sábado, finalmente, chegou. Tomei meu café às nove horas, junto com meus pais (minha irmã ainda estava dormindo), escovei os dentes, toquei um pouco de violão e depois avisei minha mãe que ia até a Praça dos Figos. Ela já sabia o motivo. Tinha até deixado um dinheirinho para eu levar.

– Fique esperto, filho – me alertou. – Olhos e pescoço de coruja, ok?

– Relaxa, mãe, tranquilo. A Lígia também vai pra lá, vai ficar com o Ivanzinho no parquinho da praça – disse, acalmando-a.

Mudei de repente o assunto.

– Foi legal ontem, né, mãe? – dei uma pausa – Né, pai? – gritei para o meu pai, que estava na sala escrevendo.

– O que foi, filho? – perguntou meu pai.

Cheguei mais perto e repeti a pergunta, feliz da vida!

– Ontem, pai. Foi muito legal lá no Barracão, né? Adorei meu primeiro ensaio de verdade.

– Ah, foi só uma leitura de roteiro, filho. E já mudei algumas coisas. Hoje mesmo começamos os ensaios "verdadeiramente verdadeiros" – brincou.

– Valeu, pai.

Meu pai me deu um sorriso. Saí às pressas.

– Não se esqueça do almoço! – gritou minha mãe quando eu já estava colocando os pés na rua.

Saí com uma sensação de que algo poderia dar errado nesse encontro, de que eu teria surpresas não muito agradáveis. Poderia fazer como o bando de aves que emigra ao pressentir a tempestade, mas eu não queria fugir. Não, não era isso que eu queria. Aquele gostinho de vitória ao encarar o Laércio na classe me fortalecera, e mesmo que tudo desse errado, só o fato de eu me encontrar com a Lígia e o Ivanzinho na praça para chuparmos um sorvete já teria valido a pena.

Acelerei os passos: o sorvete caseiro do Josevaldo era algo... fantástico!

PLANO ASSASSINO

Ivan é o irmão mais novo da Lígia. Temporão. Um barato! Tem quatro aninhos e, de vez em quando, a Lígia passeia com ele na Praça dos Figos. Giulia, a Giú, é a irmã do meio, com dez anos, mas quase nunca saem juntas. Brigam muito. "Coisas da idade!", Lígia dizia, culpando a irmã (como se ela fosse muito mais velha que a Giú).

Cheguei bem rápido na praça e a Lígia já estava lá, brincando com o Ivanzinho. Eram onze e cinco.

– Oi, Lígia! Oi, Ivanzinho! – cumprimentei-os.

– Oi! – respondeu Ivan, com um sorriso envergonhadamente gostoso.

Passei a mão na cabeça dele e beijei a Lígia no rosto. Ela até estranhou, mas correspondeu, feliz.

– Nada do Carlos? – perguntei.

Olhamos ao mesmo tempo para a figueira e só vimos o Josevaldo com seu carrinho de sorvetes. Algumas crianças chupavam picolé, concentradas, desejando que ele não acabasse nunca. Outras, que já haviam terminado, imploravam por outro. No centro da praça, uma fonte luminosa aguardava, com seus azulejos trincados e secos, uma alma gentil que pudesse ressuscitá-la; quantos casais de namorados não teriam passado por ali, próximos a ela, ou sentado nos bancos da praça para admirar o colorido das águas e se beijar? Corações com setas atravessadas, feitos à mão, cada um com um nome – às vezes dois –, pichados ao redor da fonte, simbolizavam o fruto do descaso, do abandono, mas também das paixões. Algumas mulheres pareciam conversar a respeito da fonte, rir maliciosamente do que aparentavam lembrar e, talvez, reconhecer seus nomes gravados nos corações.

Onze e meia.

– É, aconteceu alguma coisa... Vamos tomar um sorvete? – perguntei para Lígia – Eu pago. Depois vou dar um pulo na casa do Carlos pra ver o que rolou. Nunca fui lá, mas sempre há uma primeira vez, não é?

Em outros tempos eu jamais diria essa frase. Estava mesmo sentindo em mim uma pequena grande mudança. A Lígia também sentiu isso e me deu a maior força, como sempre.

Escolhemos nossos sorvetes: ela o de uva e eu, para variar, o de banana. Para o Ivan, a Lígia pegou um de baunilha, que ele adorava. Ela aproveitou aqueles poucos segundos que se

leva para abrir uma embalagem de sorvete para me dizer que tinha um novo projeto: o X-casa. Eu disse: "Ok", meio distante. Chupamos os sorvetes, nos despedimos e aí segui até a casa do Carlos. Ouvi um tchau atrasado, enquanto me afastava. Era o Ivanzinho.

– Tchau, Tabó! – repetiu ele, timidamente.

O Ivan era muito bonzinho... Acenei para ele com as mãos, carinhosamente.

Cheguei ao meu destino em pouco mais de quinze minutos. Procurei a campainha e toquei. Quem me atendeu foi a mãe do Carlos, que se espantou com a minha presença. Ela não me chamava por Tabó.

– Marcel? Nossa, que surpresa! – disse ela, abrindo a porta.

– Oi, Dona Rosa, o Carlos está? – perguntei.

– Está sim. No quarto. Ele se machucou na quinta, praticando *skate*. Quer dizer – completou, em tom de ironia –, isso é o que ele diz... Entra, que eu vou chamá-lo, Marcel.

Dona Rosa parecia querer me dizer que o Carlos mentiu para ela. Mentiu feio, pelo tom de suas palavras. Eu só queria entender o que havia acontecido. Esperei um pouco, até que o Carlos apareceu, esquivando-se, para não mostrar o rosto.

– Tabó? Você aqui? – perguntou Carlos, meio sem graça.

– Oi, Carlos – respondi. – Na verdade, estava esperando você lá na praça...

– Putz! Você foi até lá?

— Fui, mas tudo bem, não esquenta. Como você faltou na aula de Matemática ontem, achei que, de repente, o encontro ainda estivesse valendo.

Dei uma pausa e retomei em seguida, encafifado.

— Meu, o que é que rolou pra você faltar na aula do Marcão? Justo a dele? – perguntei.

— Nada. Só um tombo de *skate*. Ralei o rosto e achei melhor não ir à escola. Inchou muito! – respondeu Carlos, tentando ser convincente.

Dona Rosa entrou na conversa e foi logo desmoralizando o filho. Uma mistura de ódio e compaixão.

— Mentira dele, Marcel. Olha só o estado em que ele se encontra!

Pôs o rosto do Carlos na minha frente e levantou a camiseta dele para me mostrar também as marcas do corpo.

— Mãe! – esbravejou Carlos.

— Isso se parece com um tombo de *skate*? – questionou Dona Rosa, aos nervos.

Não havia como eu não concordar com ela. As marcas realmente nada tinham a ver com um tombo de *skate*. Eram muitas marcas, roxas, em vários pontos, com inchaços, que denunciavam socos e pontapés.

— Caramba, Carlos! – disse, espantado com o que tinha visto. – Quem fez isso em você?

— Tá vendo! – Dona Rosa aproveitou o gancho. – Ele não engana nem o Beto, seu irmãozinho. Tá na cara que levou uma surra. E não foi de um só, não! Ele não quer contar quem foi, mas o pai dele vai descobrir. Vou pedir pra ele ir ao colégio e falar com o diretor da escola, ô se vou...

– É... Legal, mãe. Aí me pegam de novo e me dão outra surra! – respondeu ironicamente Carlos, irritado, sem se dar conta de que havia feito uma confissão. – Deixa que eu resolvo isso, mãe! Caramba!

– Ah, finalmente o cheiro da verdade, hein! Quando seu pai chegar, quero que nos conte tudo, tim-tim por tim-tim! – disse Dona Rosa, afastando-se dali em direção ao quintal nos fundos da casa, bufando.

Olhei para o Carlos. Sabia que ele ia me contar toda a história. Foi só sua mãe se afastar que ele começou:

– Eles não gostaram nem um pouco da ideia de eu procurar você pra pedir desculpas, Tabó – desabafou Carlos. – Jogaram na minha cara que traí a confiança deles (como se fossem dignos de confiança). Souberam até do picolé que eu disse que ia pagar pra você. Aliás, depois de toda a "prensa", me fizeram comprar três, um pra cada um deles, senão a coisa ia ficar preta. Mais ainda!

– Quem "fizeram", Carlos? – perguntei. – Três picolés, você disse?

– Sim, pro Laércio, pro Felipe e pro Sílvio. Nessa hora, o Ricardo e o Júlio não estavam. Nem a Marília, nem a Margareth.

– Sempre eles! – ressaltei. – Sempre eles!

Eu acabara de confirmar que o Carlos não estava de sacanagem comigo quando quis marcar um encontro fora da escola. Era para me pedir desculpas mesmo e ser, de repente, meu novo amigo. Desconfiamos dele de bobeira, a Lígia e eu.

– Foram três contra um, né? – perguntei em tom de resposta. – Eles são realmente uns covardes. Não sei como pôde fazer parte dessa corja, Carlos.

– Pois é, Tabó... na verdade eu não fazia... Mas... ei! O que é que está havendo? Você nunca falou assim de alguém! Aliás, nunca falou sobre nada, sobre ninguém. A gente nunca sabe o que você está pensando, vive se escondendo, só conversa com a Lígia! E sua timidez jamais permitiria que fosse a um encontro comigo, muito menos que viesse me procurar em casa. O que é que deu em você, Tabó? Hein?

Carlos também havia percebido coisas diferentes em mim.

– Sei lá, ainda tenho um pouco desse negócio de me esconder em mim mesmo... Mas está passando, Carlos, está passando... Tudo passa! – respondi, ao "estilo Cibele", minha mãe. – E quando eu conseguir me livrar desses medos todos, vou à forra! Quer dizer, não vou me vingar de ninguém, não. Só vou querer fazer tudo aquilo que sempre quis, mas nunca tive coragem. Tô cansado de ser tatu e de ver os outros sempre se ferrarem por minha causa – concluí, desabafando.

Nesse exato momento me deu um estalo.

– Espera aí, Carlos!... Eles obrigaram você a pagar sorvete pra eles, você pagou, e ainda assim bateram em você?

Carlos me olhou com o rabo dos olhos e, roendo a unha do polegar, revelou o que verdadeiramente havia por trás do plano.

– Na verdade, eles queriam mesmo era que eu marcasse o encontro com você.

– Como assim? – questionei.

– Queriam armar uma cilada pra você...

– Uma cilada? – perguntei, curioso.

– Sim, iam chegar de surpresa com um cacho de bananas e fazer com que você engolisse três, quatro, cinco de uma só vez, até engasgar e perder a respiração. No início, pensaram em sorvetes, mas aí o Laércio disse que, além de sair mais barato, banana tinha mais a ver com você... Todos riram, menos eu, juro!

– Eles queriam que eu... que eu morresse engasgado? – perguntei, intrigado.

– Pareciam não se importar com isso – respondeu Carlos. – E eu seria obrigado a participar dessa tramoia, teria que dar um jeito de levar você atrás da figueira pra ninguém presenciar as cenas de tortura. Só que eu não topei. Disse que não ia aprontar mais uma com você, que eu não era assassino, que eu estava fora dessa e que não ia marcar nenhum encontro.

– Caraca! Me odeiam tanto assim?... E aí?

– E aí saí correndo – respondeu Carlos, tenso. – Foi quando me alcançaram e me derrubaram. Os três vieram pra cima de mim! O resto você já sabe.

– Droga! – desabafei. – Covardes!

Agradeci ao Carlos pela coragem que teve em me defender e não ter colaborado com aquele plano monstruoso do Laércio. Disse também que eu sentia muito pelo que aprontaram com ele, que eu preferia que tivessem feito aquilo comigo, pois tudo acontecera por *minha* causa!

Minha mãe me ligou chamando para almoçar. Não me dei conta do horário: já estava tarde.

Saí da casa do Carlos meio arrasado, inconformado com a situação. Mas não havia muito o que fazer. Por um momento, me lembrei do hospital, daqueles dois cafajestes, e pensei, decepcionado, quantos deles haveria ali, só na minha escola? Quantos pequenos futuros cafajestes estariam ao meu redor, sedentos de sadismo, praticando *bullying* sem o menor pudor, sem a menor dor na consciência, muito pelo contrário, sentindo um enorme prazer em humilhar as pessoas? Por quê? Para quê?

De repente, esta palavra – humilhação – remeteu-me ao holocausto. Li que o pai de Marcel Marceau foi um dos milhares de judeus mortos nos campos nazistas... Mas percebi que estava indo longe demais em meus pensamentos. Retomei a história do Carlos, da maldita gangue da escola.

– Covardes! – repeti, mal-humorado.

Havia um cãozinho na calçada, um simpático vira-lata. Estalei os dedos quando passei por ele. Começou a me seguir, abanando freneticamente o rabo.

Uma vez mais eu me via diante de um monte de perguntas. Mas já sabia, também, que poderia encontrar todas as respostas. Ou quase todas.

Virei a esquina e o cãozinho ainda me seguia. Latia e choramingava: "Au, au! Au, au!", como quem pedisse: "Me adote, por favor!".

Acelerei os passos. Parecia mais longe a minha casa. É sempre assim, se queremos chegar rápido demora mais, se queremos que demore, chegamos mais rápido... Saco!

– Ah, laércios, sílvios, felipes... Se eu pudesse, fazia xixi no copo de vocês também! Em vocês, até! Bem no meio da cara de cada um! – gritei, chutando o portão de casa com raiva. Finalmente chegara.

O barulho do chute foi tão forte que o cãozinho saiu em disparada, frustrado e assustado. Abri o portão e entrei, olhando o pobre cão que se distanciava.

Deu um dó danado...

ACABOU A BRINCADEIRA

Dessa vez, enviei uma mensagem pela internet para Lígia, contando um pouco do que havia acontecido na casa do Carlos. "Depois a gente conversa mais sobre isso. Pessoalmente. Beijos!", finalizei. Saí do micro e fui tocar um pouco de violão, bem pouco, pois já era quase hora de irmos ao Barracão para ensaiar a peça dos violeiros cantadores. Eu estava numa ansiedade só, embora a história do Carlos não parasse de latejar na minha cabeça. E ele parecia não ter contado tudo...

Foram semanas de ensaios exaustivos. Meu pai mudou um monte de coisas no roteiro, amadureceu mais a ideia, na verdade. Achava que os violeiros mímicos precisavam não simplesmente querer, mas sim, de algo mais forte que justificasse o seu desejo incontrolável de soltar a voz. Aí, ficou decidido que eles entrariam em cena como se estivessem chegando de uma longa caminhada pelos confins do país e que precisavam denunciar a qualquer custo o abandono, a miséria, a humilhação que esse povo humilde estava sofrendo. Para isso, achavam que tinham que reconquistar a palavra, o som da música, pois a dor daquela gente não cabia no silêncio da pantomima. Havia muito a contar e cantar, bem forte, para que todos pudessem ouvir.

Era o que pensavam naquele momento de revolta, onde a emoção sempre atropela a razão, porém, seus violões sem cordas os fariam lembrar que "o silêncio é capaz de tocar as pessoas mais profundamente do que qualquer palavra". Marceau disse isso. A peça estava crescendo, dava para sentir o quanto ela melhorava a cada ensaio que fazíamos. Mas, nossa... como era trabalhoso! Sem o uso das palavras, então... Ninguém que não tenha vivido essa experiência consegue imaginar quanta coisa tem que ser pensada, quantos detalhes, quantos movimentos, gestos e expressões são minuciosamente estudados a cada minuto de encenação, num vai e volta incansável, até que a cena agrade aos olhos meticulosos da direção – meu pai sempre foi muito exigente como diretor. "Tem que ter poesia, encanto, beleza! Num simples gesto, num simples olhar", dizia ele, sempre. Quanta responsabilidade! E havia ainda um monte de outras coisas que aconteciam por trás dos bastidores, tipo, figurinos, cenário, adereços, maquiagens, efeitos sonoros, projeções, maquinistas, iluminação, divulgação, bilheteria, venda de espetáculos... ufa! Tem que haver uma grande afinidade entre todos mesmo, confiança, força de vontade e muita, muita paixão! Ou vai tudo por água abaixo.

O Sem Palavras já teve, obviamente, alguns desentendimentos nesses anos todos de convivência, mas nada que comprometesse a equipe, a união que existe entre eles. São muito profissionais, entregam-se de corpo e alma, e não misturam as coisas: o que acontece dentro do teatro não interfere fora e vice-versa. Não é nada fácil levantar um espetáculo, por mais simples que ele seja. Vê-lo pronto, depois, não dá a menor ideia do tamanho da dificuldade. Por isso é que certas críticas maldosas nos machucam tanto quando feitas sem o mínimo de critério, sem nenhuma consideração e respeito.

Enfim, quanto bem tudo isso estava me fazendo!

Uma noite, levamos a Lígia para assistir aos ensaios e ela ficou boquiaberta, não parava de fazer elogios.

– Puxa, Tabó! A-do-rei! – disse ela, empolgada. – Você no palco...

– Pareço outra pessoa... – interrompi.

– Não, Tabó! Ia dizer que está muito bem! Estou impressionada com sua atuação e a do carinha que faz seu pai na peça, o Valdir, né? Noooooossa! Você sabe que sou muito sincera. Parabéns! Parabéns, mesmo!

Era verdade. A Lígia era mesmo sincera. Até demais, às vezes.

Fiquei feliz por ela ter gostado.

– Valeu, Lígia! Ainda estou um pouco tenso, sei disso, meio preso com as marcações que meu pai fez – respondi. – Mas acredito que até a estreia eu me solte mais...

É estranho como tudo muda quando a gente descobre que acabou a brincadeira, que, a partir de um determinado momento, a coisa é pra valer.

Estávamos nos aproximando das férias de julho. E da estreia do espetáculo. A calmaria dos últimos dias dentro da escola me deixava um pouco apreensivo. Aquilo não era normal.

O Carlos, depois do que havia acontecido, resolveu – pelo menos lá dentro – não falar com mais ninguém, nem com a turma do Laércio nem comigo. Achei estranho, mas se ele acreditava que era melhor assim...

O meu comportamento, a cada dia, tornava-se menos introvertido. Percebia-se claramente a frustração de todos quando, ao ser chamado para fazer uma leitura, eu a fazia quase sem constrangimento. E respondia às perguntas dos professores sem empalidecer ou ficar mudo, sem aquele medo doentio de semanas atrás. Sem virar tatu-bola. Um pouco tenso, talvez – como nos ensaios –, mas com a certeza de que eu ainda ia me soltar. Ali também a brincadeira estava acabando; a coisa, agora, era pra valer.

Sim, eu estava melhorando, não havia como negar. Nem voltar para trás.

Mas aquela calmaria da turma do barulho me incomodava, alguma coisa estava rolando ou ia rolar. Era quarta-feira, doze de junho, Dia dos Namorados. Vi o cartão que o Laércio esnobava, com um coração gigante estampado na frente, em vermelho, contornado de purpurina dourada, com as letras

"M" e "L" ao centro, pintadas de branco, cheias de arabescos. Claro, o "M" era de Margareth, todos sabiam, embora nem namorados eles fossem. O Laércio dava em cima de todas as meninas da escola, menos dela, lógico, com o objetivo de vê-la arrastando-se ainda mais por ele, lambendo os seus pés. Um perfeito idiota! Aliás, dois perfeitos idiotas! Mas, mesmo não gostando da puxa-saco da Margareth, fico com pena dela. É, eu sou um idiota também.

No intervalo, encontrei-me com a Lígia e voltamos a falar sobre a peça dos violeiros cantadores enquanto lanchávamos. As pessoas ao redor ou as que atropelávamos nos corredores já não me incomodavam tanto, não a ponto de eu não querer ficar perto da Lígia ou querer me esconder em mim mesmo. "Isso é passado", martelava em minha cabeça. "Ficou pra trás, já era!", insistia em meus pensamentos. Já estava quase acreditando nisso.

A Lígia puxou algumas folhas de papel e me perguntou:

– Lembra quando falei pra você de um novo projeto meu, o X-casa?

O nome não me soou estranho. Respondi que sim.

– Dá uma olhada – disse Lígia, colocando os desenhos na minha frente.

O X-casa eram duas casas (também de fibra de vidro), uma sobre a outra. Só que a casa de cima ficava de cabeça pra baixo – claro, alguma coisa tinha que ficar assim em seus projetos –, de maneira que o encontro dos dois telhados formava um xis, e esse xis destacava-se do desenho por conta de um laranja cítrico que ela colocara.

– Que legal, Lígia!

Eu tinha mesmo gostado, pois alguns pares de casas que ela tinha feito, lado a lado, formando aqueles xis enormes, davam uma cara muito interessante ao projeto.

Ela sorriu e me agradeceu, enquanto guardava os papéis dentro de uma pasta; esperei um pouco e aí retomei o assunto da peça.

– Falta pouco pra estreia – falei para Lígia, meio ansioso, meio preocupado.

– Agosto não é um mês ruim pra se estrear? – perguntou Lígia. – Vocês não são supersticiosos?

– Nada a ver, Lígia. Só porque as guerras mundiais começaram todas em agosto? – ironizei.

Rimos os dois, embora guerras não sejam assim tão engraçadas...

– Na verdade – completei – o grupo vai fazer uma pré-estreia na última semana de julho, somente para a imprensa e convidados. Com coquetel e tudo!

– Uau! – empolgou-se Lígia. – Eu estou nessa, né?

Fiz um "não sei" abrindo os braços e tencionando os ombros, brincando. A Lígia me deu um tapa de leve e o sinal tocou. Guardamos o que sobrou dos lanches e voltamos para as salas de aula.

A PERFORMANCE

Quando entrei na sala, me dei conta de que a turminha do mal nem havia saído para lanchar, ficaram todos ali, do mesmo jeito, na expectativa de alguma coisa que estava prestes a acontecer. Eu sabia que depois daquela calmaria toda – contrariando o ditado – viria a tempestade. E lá estava a resposta ao meu pressentimento, bem em cima da minha carteira: uma caixa grande no formato de coração, com um laço vermelho, enorme, e um cartão escrito em letras garrafais:

TABÓ, MEU XODÓ!

Com exceção do professor, todos já tinham voltado do intervalo e não havia um só olhar que não estivesse direcionado para mim. Risinhos vagavam pela sala. Laércio, Margareth e Sílvio começaram a puxar um coro: "Abre! Abre! Abre!", num crescendo que, em segundos, tomou conta de toda a classe. Foi um baque. Gelei. "Me pegaram!", pensei. O que poderia haver dentro daquela caixa? Deveria ou não abri-la? Meu Deus! Ameacei desmoronar, meu coração disparou e um medo terrível de reassumir o tatu-bola começou a tomar conta de mim. Eu tinha que pensar rápido, não podia pôr tudo a perder, não podia! "Você pode, Tabó, você pode!", ouvia minha mãe dizer, confundindo-me ainda mais. Posso o quê? Vencer? Pôr tudo a perder?

O coro foi ficando cada vez mais alto. Laércio e seus pupilos deliravam! Outras turmas foram se aproximando e aderindo ao coro, mesmo sem entender direito o que estava acontecendo. Muitos se aglomeravam na porta, nas janelas... Me senti dentro de um Titanic, onde somente *eu* afundava com o navio enquanto centenas de barcos à minha volta salvavam todos os tripulantes que aplaudiam, com veemência, o meu naufrágio! Lembrei-me de "Tabó, o palhaço só" afogando-se em suas lágrimas com seu cachorrinho morto nos braços. Mas, desta vez, eu precisava sobreviver.

– Abre! Abre!... – continuava o coro.

De repente, como se a cena congelasse, me veio à mente um vídeo do Bip, onde ele tenta de todas as formas arrancar uma expressão de alegria que parecia ter se instalado para sempre em seu rosto, como uma máscara de penitência. Me vi a seu lado naquele instante e imaginei aquilo tudo acontecendo, na verdade, como uma tentativa louca de Bip em transferir para mim a sua expressão viva. Ele estava tentando me ajudar, de alguma forma, e eu precisava de sua ajuda. Pedi a

Marceau, mais que isso, implorei, de Marcel para Marcel, para que ele me desse forças, que me emprestasse Bip temporariamente, se não inteiro, pelo menos uma pequena parte dele. Vinte, dez por cento já seriam mais que suficientes para despertar de uma vez por todas o Tabó pantomimeiro que há muito habitava em mim.

Vários fantasmas haviam me abandonado; não podia permitir que eles voltassem.

Ato contínuo, peguei minha mochila, retirei dela o estojo de maquiagem teatral – companheiro inseparável que ganhara do pessoal do Barracão – e, num impulso inexplicável, comecei a me maquiar na frente de todos, em pé, ao lado da carteira, deixando minha cara completamente branca, lábios rubros, contornados de carvão, e duas lágrimas pretas sob os olhos castanho-claros. Ninguém estava entendendo nada!

Os gritos de "Abre!" foram diminuindo, pouco a pouco...

Sorri. Um novo Tabó surgia, provavelmente aquele que vivia em brigas constantes com o tatu-bola. "No palco, a gente pode ser quem a gente quiser!", dissera minha mãe tempos atrás. Completei: "Posso, inclusive, ser eu mesmo!" Professores, junto com o Seu Dorival, diretor da escola, abriram caminho e aproximaram-se, impressionados com aquela intrigante figura de palhaço em que eu acabara de me transformar. Um dos professores ameaçou me interromper, mas foi impedido pelo diretor, que, imagino, queria ver até onde eu ia e o que pretendia com aquela encenação toda. "Pirou!", devia estar pensando a maioria sobre mim. Aproveitei e, da forma mais teatral possível, agradeci e fiz um sinal com as mãos para que tivessem um pouco de paciência e me deixassem terminar aquele primeiro ato de minha coragem.

O silêncio, naquele momento, era geral. Súbito contraste. Os rostos, antes alegres e festivos, estavam agora perplexos, acompanhando aquele estranho espetáculo mímico que se iniciara a partir do meu sorriso, emprestado por Bip.

A sala virou plateia. Como eu desejara, um dia.

Em movimentos leves, olhei para a caixa no formato de coração que estava sobre a carteira. Fingi espanto e me aproximei dela, a passos tímidos.

Brinquei, alternadamente, com sensações de medo e alegria, encostando o nariz na caixa, depois os olhos e finalmente o ouvido. Em seguida, meus dedos acompanharam suavemente a trajetória da fita, até chegar ao cartão com a frase:

TABÓ, MEU XODÓ!

Peguei o cartão, mostrei a todos e depois guardei-o no bolso. Dei um sorriso balançando o corpo num pequeno salto, feliz por descobrir que aquilo era um presente, e um presente não poderia ser coisa ruim.

Agitei a caixa – percebi que não era tão leve assim –, levantei-a acima da cabeça como um imponente troféu e comecei a marchar em câmera lenta em direção à mesa do professor que ficava num nível mais alto, sobre uma pequena elevação de madeira, futuro palco da minha pantomima.

O Laércio assustou-se quando passei por ele, temendo que eu fizesse algo que pudesse comprometê-lo. Mas apenas parei e olhei-o do alto arqueando as sobrancelhas, o que me levou, automaticamente, a franzir a testa e arregalar os olhos. Descobri que certas expressões feitas com um rosto pintado de branco, pálido, são capazes de intimidar as pessoas, pois senti pavor em seus olhos (quem diria! Aquele que há pouco divertia-se à minha custa). Medo do medo do medo...

Continuei seguindo em direção à mesa. Lígia estava a poucos metros de mim e me deu um sorriso largo com o punho em riste, fazendo um positivo com o dedão. Isso deixou-me ainda mais determinado a continuar com aquela loucura. Loucura? Ou seria um momento de lucidez? Pisquei discretamente para ela, coloquei a caixa sobre a mesa e dei a volta, ficando de frente para todos. Agachei-me e, com o queixo apoiado no tampo da mesa, comecei uma sequência de expressões faciais – um pouco do que aprendi com o grupo – e leves movimentos com as mãos, sempre com os olhos voltados para a caixa. Ela era o meu foco, meu ponto de fuga. Nos ensaios, meu pai me orientara sobre a importância dessa técnica para atrair a atenção de todos para uma determinada coisa.

Cada vez chegava mais gente. Nem sei quantas pessoas já estavam ali. Quando outras chegavam, ouviam desencontrados "psiu!", para que não atrapalhassem a *performance*.

Alunos, professores, funcionários, diretor... todos prestavam atenção naquela arte silenciosa, espantados com a súbita coragem que se apossara de mim e afastara a imagem de menino tímido e bocó, que até então conheciam.

A escola toda parou.

Quem não podia parar era eu. Nem pensar nisso. Parar significaria o meu definitivo fracasso, o meu aprisionamento perpétuo dentro da bola. Da bola do tatu, do tatu-bola. Era a minha grande chance e eu não podia perdê-la. Naquele dia, não.

Todos queriam ver o desfecho da história, o *grand finale*, que, desta vez, nem eu mesmo imaginava como seria.

OU TUDO
OU NADA

A turminha do mal estava paralisada, atordoada com a mudança de rumo de seu "plano genial" do Dia dos Namorados, dedicado a mim.

Me aproximei da caixa e ameacei desfazer o laço que a abraçava. Segurei nas duas pontas e direcionei meu olhar a cada um dos espectadores, num giro de cento e oitenta graus, estampando na cara uma enorme interrogação, como quem pergunta: "Desfaço?".

Parei o olhar no Laércio por alguns segundos, fingindo cobrar dele uma resposta.

Ele se encolheu, seus lábios arroxearam, tamanha a força com que os mordia.

Antes que ele fizesse qualquer movimento – embora fosse mais provável que ele paralisasse de vez – eu me levantei rapidamente e mantive o laço. "Por que desfazer um laço tão bonito?" – gesticulei.

Um breve murmúrio ecoou pela sala. Tirei a fita da caixa sem desmanchar o laço e encaixei-a no queixo e na cabeça, com o laço voltado para cima, fazendo com que todos rissem da minha cara de tonto. "Não?", perguntei, balançando o dedo indicador. Desci o laço para o pescoço e girei-o, transformando-o numa gravata borboleta. Fiz sinal de positivo com as mãos e todos concordaram que o laço havia ficado bem melhor ali, próximo ao peito.

Sentei-me na mesa, peguei a caixa e coloquei-a no colo, desta vez, desconfiado. Apontei para ela e fiz um gesto de explosão, admitindo a possibilidade de existir uma bomba de verdade dentro daquele coração. Levantei-a até o peito e fiz com ela movimentos acelerados de batimento cardíaco, sugerindo o estado em que o meu coração se encontrava naquele momento. Mas mais que depressa parei, pois se houvesse uma bomba ali – alertei – iríamos todos para os ares.

Aproximei a caixa do meu rosto e, com os olhos grudados nela, ameaçei levantar a tampa e desisti. Fingi suar em bicas. Depois, comecei a levantá-la milimetricamente, sem expôr seu conteúdo.

A boca, até então séria, começou a armar um belo sorriso, e os olhos arregalaram-se ao ver, finalmente, o tão aguardado presente, deixando a plateia ainda mais curiosa. "Não, não é uma bomba!", insinuei com gestos. Sempre com gestos. Pela pequena abertura da caixa, senti um delicioso aroma e, num prazer estonteante, relaxei com um certo exagero, feito filme de Chaplin. Minha língua fez um rápido movimento de "água na boca".

Dentro da caixa havia um cacho com cinco bananas. Óbvio, em se tratando de uma armação contra mim, o Laércio nunca as deixaria de fora.

Um bilhete colocado sobre as bananas dizia, maliciosamente, em versos:

> Viu como somos bacanas?
> Te demos um cacho inteiro!
> Mas qual das nossas bananas
> vai querer provar primeiro?

Na certa pediram ajuda às meninas para criar os versos, pois estavam muito bem feitos e ainda rimavam. Percebi que em cada uma das bananas havia um nome escrito de forma grotesca, mas legível: Felipe, Laércio, Sílvio, Júlio e Ricardo.

Outra brincadeira de mal gosto.

Mas aí entendi a principal razão de eles todos estarem se borrando de medo. Claro! Seus nomes estavam ali, descaradamente colocados, um em cada banana! Não havia qualquer possibilidade de eles recuperarem essas bananas e apagarem seus nomes. Eles tinham assinado uma confissão, um atestado de burrice, e a caixa estava em meu poder com todas as assinaturas – provas contundentes –, diante de centenas de testemunhas. Cabia a mim o que fazer com elas.

Me entregaram de bandeja um final para minha pantomima improvisada.

Eram eles agora que deviam estar pensando: "Ele nos pegou!".

Provavelmente a ideia inicial deles era fazer com que eu, na hora em que descobrisse a caixa sobre a carteira, a abrisse na frente de todos, inclusive das meninas. Me obrigariam, ao som de irritantes gargalhadas e fúteis insinuações, a escolher uma das bananas, para descascá-la e comê-la sob o olhar de quem a assinou, sofrendo todos os tipos de humilhação. E o Laércio ainda daria um jeito de me forçar a pegar a dele primeiro, ou ele me pegaria na saída.

Mas o tiro que deram saiu pela culatra.

Continuei com a encenação. Agora, ou era tudo ou nada.

A expressão de meu rosto, de alegre, foi ficando triste. Profundamente triste. Fechei a tampa da caixa, coloquei-a sobre a mesa e pedi que tentassem adivinhar, a partir da minha mímica, o que é que eu tinha acabado de ver dentro dela.

Comecei, ainda cabisbaixo, a descascar algo invisível na minha mão para depois fingir comê-la. O ato de descascar uma banana é tão evidente que adivinharam em poucos segundos. Depois mudaram a entonação da resposta: "Banana?", perguntaram, chocados.

Respondi "Sim", movimentando o rosto, várias vezes, pela sala inteira. Fui abrindo os dedos da mão direita, um a um, revelando que não era uma, mas cinco bananas. "Pena", declarei – gesticulando –, frustrado, "é a fruta de que mais gosto!".

Ninguém estava entendendo nada. Primeiro, que presente era aquele? Segundo, se eu gostava tanto assim de bananas, qual era, então, o motivo da minha tristeza?

Peguei novamente a caixa, tirei o cacho de bananas e fechei-a com o bilhete dentro. Tentei explicar a todos que, embora adorasse bananas, aquele estranho presente não era para mim, que elas estavam endereçadas a outras pessoas, cujos nomes estavam escritos nas próprias frutas. Mostrei-os a todos. Entenderam, então, a razão da minha tristeza.

Vários murmurinhos se espalharam pela sala, numa confusão indecifrável de sons.

Laércio, agora, roía as unhas. Seus discípulos entreolhavam-se totalmente perdidos, pasmos, diante daquilo que estavam presenciando.

Lígia, Seu Dorival – o diretor da escola – e os professores perceberam, então, aonde eu queria chegar. Lígia deixou escapar um *yes* pouco discreto.

"Devemos entregar estas bananas a seus verdadeiros donos", tentei dizer gesticulando para a plateia e apontando os nomes no cacho. A mímica novamente funcionara.

O primeiro nome que apontei na banana foi o do Laércio. Ele merecia ser o primeiro.

O "poderoso chefão" gelou.

Todos começaram a chamá-lo – não havia mais segredos sobre o que eu pretendia fazer –, convidando-o a subir ao "palco" para receber seu presente.

Laércio não teve alternativa. Demorou (foi meio empurrado, meio puxado), mas foi.

Estiquei os braços com o cacho nas mãos e fiz com que ele arrancasse a banana que, indiscutivelmente, era dele. Eu não poderia me sentir mais realizado, quer dizer, poderia sim.

Meu desejo, sinceramente, naquela hora, era enfiar as cinco bananas de uma só vez na boca do Laércio, tal qual pretendiam fazer comigo lá na Praça dos Figos. Mas passou rápido. O diabinho de meu ouvido esquerdo logo desapareceu. Reassumi o personagem...

Carlos e Lígia também não conseguiam esconder o prazer que estavam sentindo. Era justo. Simplesmente isso: justo. Vi, num relance, a velhinha do hospital, Dona Isaura, deitada sobre a mesa e sorrindo para mim; vi também a minha urina aquecendo os copos daqueles dois idiotas do hospital e depois eles vomitando sobre si mesmos; vi minha primeira encenação, "Tabó, o palhaço só", sendo aclamada pelo grupo de meus pais; vi o chocolate da Lígia derretendo na minha boca; vi o primeiro beijo que dei em seu rosto ao nos despedirmos; vi minhas mãos tirando músicas rebuscadas do violão; vi minha conversa com a Lígia bem no meio do pátio da escola; vi o tatu--bola não se apoderar de mim ao ouvir "banana no gogó"; vi a mímica que fiz dos três macaquinhos quebrando o barato do Laércio; vi minha visita ao Carlos lá na sua casa e o seu espanto ao me ver; vi as leituras que consegui fazer na sala de aula, deixando todos boquiabertos; vi meus fantasmas sendo expulsos... Tudo isso eu vi.

Laércio nem conseguia me olhar. E não olhou mesmo. Arrancou do cacho a sua banana – quase a esmagou com as mãos – e voltou rapidamente para o seu lugar. Calado, arrasado... sob falsos aplausos, caçoado pela plateia.

O feitiço virara contra o feiticeiro.

E assim foi com os outros quatro integrantes da turminha do mal: Sílvio, Felipe, Júlio e Ricardo, um a um sendo chamado e tendo que se apresentar, de rosto corado, com a maior cara de tacho, para pegar sua banana personalizada. Presente de grego aos gregos. Júlio ainda tentou brincar ao retirar sua banana, descascando-a e comendo-a como se fosse um primata esfomeado, fingindo, assim, colaborar com a minha pantomima e não estar envergonhado. Tentou ser mais esperto que os outros, mas não deu muito certo: não convenceu ninguém.

Àquela altura, os quatro queriam que Laércio morresse, por ter sido ele o idealizador do desastroso plano contra mim.

TODOS PARA A DIRETORIA

Senti que já era hora de encerrar minha encenação. Fiz com o dedo indicador aquele movimento do "cocozinho voando" e caminhei num quase *Moonwalk*, de Michael Jackson e Marcel Marceau, em direção à caixa que estava sobre a mesa.

Todos riram do meu dedo "quebrado", a minhoquinha flutuante. Tive que repetir o movimento. Ainda bem que ela roubou totalmente a atenção do meu *Moonwalk*, que não ficou lá essas coisas...

Retirei o laço do pescoço e recoloquei-o na caixa. Tirei do meu bolso e mostrei novamente o bilhete que dizia "Tabó, meu xodó!", e fiz um gesto de agradecimento aos cinco responsáveis pela carinhosa frase. Afinal, aquela linda embalagem no formato de coração não deixava de ser, por si só, um belo presente. Abri um imenso sorriso de satisfação e, com a caixa no peito, me curvei lentamente diante da plateia. Muito len-ta-men-te...

Me senti, por alguns segundos, na Lua.

Imaginei que o silêncio, desta vez, pudesse me trair. Não, eu estava enganado. Ele apenas colaborou com o suspense que antecede todas as surpresas: uma avalanche de aplausos, gritos e assovios encheram a sala e meu coração de alegria. Voltei para a Terra. Tentei disfarçar a forte emoção que estava sentindo, mas, assim que levantei o rosto, meus olhos vermelhos e molhados me denunciaram. As lágrimas que desenhei sob os olhos fundiram-se com as minhas e ganharam um novo brilho; o caldo de tinta preta que se formou, escorreu pelas minhas bochechas e flutuou no ar por um curtíssimo espaço de tempo, até explodir sobre a caixa com formato de coração e respingar no meu peito, bem próximo ao coração verdadeiro.

Mas lágrimas assim são bem-vindas. Eu me sentia aliviado e muito feliz!

O Seu Dorival, assim que as palmas e os assovios diminuíram, subiu ao "palco" e pediu um minuto de atenção. Ele sempre foi muito respeitado por todos, dos professores e alunos aos mais humildes funcionários. Era legal, mas severo quando precisava.

– Não posso negar que seu trabalho foi muito bonito, Tabó! – disse o diretor, olhando para mim. – Valeu a pena esperar. Parabéns! Que este *show* improvisado fique em homenagem aos casais aqui presentes pelo Dia dos Namorados!

Todos aplaudiram e gritaram. Seu Dorival prosseguiu.

– Confesso que eu e os que aqui estão, todos nós... – deu uma pequena pausa – desconhecíamos este seu talento, Tabó!

Lígia levantou o braço, mas nem precisou falar.

– Com exceção de você, Lígia, que, certamente conhece Tabó melhor que qualquer um de nós aqui – complementou Seu Dorival, dando uma leve piscada para ela.

Alguns riram com a sutil insinuação do diretor.

Lígia ficou lisonjeada.

O orgulho, por ela ser minha amiga, estava estampado no meu rosto. E vice-versa.

– Mas a vida continua, o *show* não pode parar, não é mesmo, senhor Tabó? – brincou comigo o Seu Dorival. – Então... ainda temos um bom tempo de aula, não? Queiram, por gentileza, voltar todos às suas respectivas salas.

Apesar de alguns rumores de protesto, a multidão foi, aos pouquinhos, se dissipando.

Em seguida, Seu Dorival chamou todos os envolvidos na história das bananas.

– Vocês ficam, ok? Precisamos bater um papo lá na Diretoria – disse ele, com severidade.

Era o seu lado enérgico se manifestando. Mas logo em seguida quebrou o gelo.

– Me acompanhem, por favor, meninos. Ah, e tragam... – exigiu, com a voz impostada, para que todos na sala ouvissem. – ... tragam suas bananas!

Dos que ainda estavam presentes, ninguém conteve as risadas.

A turminha do mal nem se ligou na piada. Mas também não teria rido dela: estava visivelmente abatida – derrotada –, borrando-se de medo. Bom, abatido eu também estava – sem forças –, mas não com medo.

Fomos todos para a Diretoria. Na maior mudez. Um silêncio atroz, quase sem gestos. Um silêncio que não continha um pingo de arte.

TIRANDO A MAQUIAGEM

Naquele dia, minha mãe tomou um baita susto quando foi me pegar. Eu não havia tirado a maquiagem, não houve tempo para isso... mas, mesmo que houvesse, eu não a teria tirado.

— Que que é isso, filho? Por que está assim, pintado de... de Bip?

— Fui suspenso por um dia, mãe – falei, entrando no carro.

— Como assim? Suspenso? Foi por causa do que estou vendo? – apontou meu rosto. – Nossa! Estou confusa, me explique toda essa história, por favor, filho.

— ...Mas o Laércio, o Felipe, o Sílvio, o Júlio e o Ricardo tiveram dois dias de suspensão – completei, em tom de justiçado. – E os pais deles ainda foram chamados pra conversar com o Seu Dorival, que, aliás, já sabia que aquela mesma turminha também tinha aprontado uma com o Carlos.

– Caramba, filho! Agora complicou de vez...

Contei para minha mãe o que havia acontecido, não com muitos detalhes, pois de muita coisa nem eu mesmo lembrava. Ela ficou perplexa, não quis acreditar, mas a cara pintada confirmava a veracidade das minhas palavras.

Meu celular tocou. Era a Lígia.

– Oi, Lígia! Tudo, tudo bem. Quando eu chegar em casa dou um alô pra você pela internet, prometo. Agora tô conversando com minha mãe, tá?... Ok, beijos!

Continuei o papo com minha mãe, chegamos a parar por alguns momentos no meio do caminho, até ela entender toda a história. Disse, depois, que eu não poderia ter tido ideia melhor para desarmar a arapuca que prepararam contra mim. "Você foi muito corajoso, filho!", completou ela.

– Corajoso? Quando vi aquele coração na carteira me borrei todo! – rebati. Demos risada. – Nem sei como isso aconteceu, mãe, foi tudo muito rápido! Quando vi, já estava todo pintado e encenando, como se Bip estivesse lá, dando uma força pro Tabó. Um gesto puxava outro que puxava outro... Não dá pra explicar, mãe. Ainda estou meio grogue... – finalizei. Mas estou bem.

– Vamos conversar com seu pai, filho, contar tudo a ele – disse minha mãe, aliviada e orgulhosa de mim.

Esperou um pouquinho para fazer sua última colocação:

– Viu? Eu não disse que você podia?

Claro, ela não poderia deixar passar.

Sorrimos, ao mesmo tempo.

Chegamos em casa. Minha mãe pediu para eu me lavar e tirar toda a maquiagem. Depois almoçaríamos juntos. Seus olhos brilhavam.

Abri a porta do banheiro e, não tendo como escapar, dei de cara com o espelho. Paralisei diante do meu reflexo e perdi alguns minutos me olhando, só isso, me olhando, estático, mudo – e nem representando eu estava. Um repentino cansaço me invadiu. Apoiei-me no lavatório e continuei a me encarar por mais alguns minutos, esperando que eu dissesse algo a mim mesmo, qualquer coisa. Mas nada aconteceu. Também... que palavras esperar de um mímico?

A ficha estava começando a cair. Bufei. Aí pintou um sinal, mais um sinal de vida: meus olhos lacrimejaram outra vez – também de emoção, mas não exatamente de alegria nem de tristeza – e liberaram uma, duas, três lágrimas...

Abri a torneira, me ensaboei e me enxaguei freneticamente, deixando escorrer pelo ralo da pia o caldo esbranquiçado, às vezes manchado de preto, às vezes de rubro, da minha máscara desfeita.

O sal das lágrimas perdeu-se na água doce.

Tornei a me esfregar, queria ter certeza de que o que eu iria ver em seguida naquele espelho seria eu mesmo, o Marcel, de cara limpa, alma lavada...

E vi. Era eu: Marcel Dantas Mascarenhas.

Depois que almocei, dei um alô para Lígia pelo computador. Ela estava preocupada. Eu precisava contar a ela o que havia rolado na Diretoria. Falei sobre as suspensões, disse que o Seu Dorival, embora tivesse elogiado a minha apresentação, achou que o momento não foi muito oportuno, que as aulas foram interrompidas por minha causa e não seria justo punir somente os outros cinco envolvidos. Teria que me punir também, mesmo que fosse de um jeito mais leve.

– Aliás – continuei com a Lígia –, o Seu Dorival guardou com ele a caixinha com o bilhete malicioso, e as cinco bananas com os nomes escritos nelas, pra mostrar tudo aos pais dos meninos. Na verdade, uma delas tinha somente a casca e aí ele resolveu deixar as outras quatro iguais, mesmo porque, elas iriam apodrecer.

– Caraca! Ele comeu as quatro bananas? – perguntou Lígia, espantada.

– Não, pediu pros meninos comerem. Cada um a sua – respondi, dando risada. – Foi uma cena engraçada, a banana do Laércio já estava meio amassada... me segurei na hora pra não rir...

Lígia deu uma gargalhada comprida e em seguida me contou que o Carlos havia filmado tudo com seu celular, ou quase tudo, não tinha certeza, e que ele ia postar na internet. Só que muitos já haviam postado, vários vídeos já circulavam pelas redes, em vários ângulos, uns curtos, outros mais longos.

"Vale a pena você dar uma olhada", insistiu Lígia, que já tinha visto, curtido e compartilhado todos. "É de chorar, Tabó!".

E continuou com os elogios.

– Você surpreendeu todo mundo! Vai gostar de se ver, de ver o que conseguiu fazer naquela sala lotada. Superlotada! Vai achar um barato a reação das pessoas nos momentos mais inesperados, o banho que deu naqueles idiotas... uma inesquecível lição! E-mo-ci-o-nan-te! – exagerou Lígia. – Amei, Tabó!

Agradeci pelas palavras carinhosas, mas resolvi deixar os vídeos para depois, bastava de pantomimas naquele dia. Dei um tchau para Lígia e me deitei um pouco na cama.

Eu voltaria às aulas na sexta-feira e os cinco "condenados" somente na segunda, ou seja, teria o resto daquele dia e mais quatro pela frente para pensar a respeito da próxima semana, em como eles reagiriam ao nos reencontrarmos. Mas naquele momento eu não queria pensar em mais nada. Cerrei os olhos.

Senti o beijo brando de minha mãe, despedindo-se para ir ao trabalho, como uma bolha de sabão estourando na pele. Uma frase de Marceau me veio à cabeça, antes de eu cochilar por umas duas horas: "Um mágico transforma o visível em invisível. O mímico transforma o invisível em visível"...

Quando acordei, já estava escuro. No lanche da noite conversamos, eu, minha mãe, minha irmã e meu pai, sobre o que havia acontecido na escola. Minha suspensão acabou ficando em segundo plano, pois meu pai não parava de elogiar a resposta que dei aos que tentaram me armar a cilada. Claro que seus olhos estavam encharcados.

– Cinco! Cinco contra um e esse um safou-se! – disse ele, feliz por minha atitude. – O que prova que nem sempre a maioria vence, certo?

Todos nós sorrimos, concordando.

– Mas ponha uma coisa na sua cabeça, filho – continuou meu pai. – O melhor proveito que se pode tirar disso tudo não é o que você conseguiu fazer pra eles, aqueles cinco palermas, mas o que você conseguiu fazer pra você, ok? Não se esqueça disso.

Outro bom desfecho do meu pai. Nunca mais esqueci.

MUSSE DE BANANA

Quinta-feira. Nada a dizer sobre esse dia.

Sexta-feira. O dia anterior tinha sido vazio, meio triste, parecia não acabar nunca. Nem violão toquei. Nem com a Lígia conversei. A gente às vezes reclama de ir à escola, mas quando é proibido de ir, sente falta. Parece que o mundo inteiro caiu na nossa cabeça. É uma sensação muito estranha.

Estranho também foi entrar na sala de aula e não encontrar boa parte da turminha do mal. Somente a Margareth e a Marília representavam a gangue, porém, literalmente mudas. De repente, percebi que o restante da classe estava diferente comigo, todos me olhavam com um certo respeito, me acenavam de longe, e muitos me procuraram no intervalo para elogiar o que eu havia feito dois dias atrás. Queriam saber mais sobre mímica, onde eu havia aprendido e quem me ensinara, pois se eu, tímido e medroso que era, consegui aquela proeza, qualquer um conseguiria. Rimos disso.

O Carlos e a Gisele parece que resolveram, finalmente, ser meus amigos, e ficaram ali, comigo e com a Lígia, no meio do pátio, até o fim do intervalo, conversando. Outros alunos de outras classes vieram me cumprimentar e me parabenizar pelo *"show"* que dei na quarta. A Marília cruzou comigo num determinado momento e, inesperadamente, me deu um leve sorriso. E a Margareth – nem acreditei! – esboçou um tímido "Oi!". Um professor, que também me assistira, passou por mim, me deu um tapinha nas costas e comentou:

– Cara, você ainda vai ser um grande artista! Um famoso mímico! Escreve o que estou dizendo. Mas, pra isso, terá que se mandar daqui. Pense na França – enfatizou –, pense em Paris! *Parrrí, mon ami*! – brincou, exagerando no sotaque francês.

Sorri, entendendo perfeitamente a sua insinuação, e quando ele já estava a vários metros de distância, gritou:

– Pesquise sobre Chaplin, Ricardo Bandeira e – destacou – Marcel Marceau, meu caro! *Oui!* Marceau!

Eu e Lígia trocamos olhares e depois sorrimos, um para o outro. Caminhamos de volta à sala de aula, conversando.

– Não acredito que você ainda não viu o vídeo, Tabó! – desabafou Lígia.

– Mentira! – disse Gisele, enquanto Carlos fazia cara de espanto.

– Pois é, até comecei, mas mudei de ideia logo no início de um dos vídeos. Sei lá, acho que prefiro continuar imaginando a ter que assistir e depois me decepcionar...

– Bom, pela quantidade de compartilhamentos e curtidas, acho que está longe de você se decepcionar... – finalizou Lígia, antes de dar tchau e seguir para sua sala.

À noite fomos ao Barracão, eu, minha irmã e meus pais. Novos ensaios. E o fim de semana certamente se resumiria em mais ensaios, muitos e exaustivos ensaios...

Quer saber, adorávamos isso.

Já com estreia marcada, *O canto do silêncio* – nome que ficou definido para a peça dos violeiros cantadores – tinha que ficar pronto em pouco mais de três semanas, não havia como prorrogar, os convites e cartazes já estavam sendo rodados na gráfica e toda a imprensa já recebera o *release* do espetáculo.

No domingo, antes do ensaio geral à tarde, meus pais resolveram juntar todo o grupo lá em casa para um almoço. A Lígia também foi, ela queria assistir ao ensaio, estava curiosa para ver em que pé estava, aí então pedimos para ela almoçar com a gente. Mal acabamos de comer e minha mãe levou à mesa uma maravilhosa musse de banana com chocolate! "UAU!", gritaram todos ao mesmo tempo.

– Meu Deus! – eu disse.

Minha mãe sabia que aquele era o doce dos meus sonhos, que por ele eu seria capaz de lavar louça por uma semana!

– MÃÃÃÃE! – gritei, maravilhado.

– Musse de banana, pessoal! Porque o assunto hoje é ba-
-na-na! – disse minha mãe, rindo. – Mostre a eles, Celso.

– Opa! Cuidado com o que diz, mulher! – brincou meu pai, maliciosamente, fazendo com que todos gargalhassem.

Ninguém estava entendendo aonde meus pais queriam chegar com essa história das bananas. Alguns até brincaram, fazendo imitações de Carmen Miranda e, claro, de animadíssimos chimpanzés. A Lígia perdeu o fôlego de tanto rir. Meu pai foi até a TV, ao lado da sala de jantar, acionou o DVD e chamou todo mundo, que se amontoou no sofá, sobremesa na mão. Eu, mal-educadamente, lotei minha tigelinha de musse. Sem um pingo de constrangimento.

– Senhoras e senhores... – anunciou meu pai, solenemente.

Falsas e irritantes trombetas soaram da boca de meu tio Paulo, provocando meu pai, que riu e, em seguida, retomou o discurso, deixando-se levar pela emoção:

– O que vocês irão ver ou rever agora, pois isso já circulou muito pelas redes sociais, acreditem, nos encheu de orgulho: uma *performance* improvisada do nosso filho Marcel Dantas Mascarenhas – completou meu pai, com um brilho intenso nos olhos, apontando para mim.

Logo entendi tudo. Meu pai fez questão de juntar todo o pessoal lá em casa só para mostrar um dos vídeos postados na internet daquela minha apresentação na escola. No início, fiquei meio mal com a surpresa, pois nem mesmo eu tinha visto o vídeo, mas em seguida relaxei, percebi que aquele seria um bom momento para isso. E, de fato, foi. Nos divertimos muito, nos emocionamos e demos boas risadas. Fazia um bom tempo que eu não recebia tantos abraços! E beijos, também. Tá vendo só: eu não precisei fazer brincadeiras idiotas para receber carinhos e beijos de todo mundo.

Nesta hora, lembro-me de que pensei em Rosemarie: ela curtia a nova vida na Itália com o marido e a filha. Sabíamos que estava muito feliz por aquelas bandas – minha mãe falava muito com ela pela rede social – e que sua alegria dobrara de tamanho ao saber que estava novamente grávida. Outra menina, a Francesca. Mas, certamente, se Rosemarie estivesse ali com a gente, também estaria feliz, esborrachando-se de tanto rir, como nos velhos tempos!

Depois do vídeo e da farra, antes de irmos ao ensaio, repeti a musse... e não me arrependi nem um pouquinho...

O DIA SEGUINTE

A peça já estava praticamente pronta. Para Lígia não havia mais nada a fazer a não ser estrear. Mas todos nós sabíamos que ainda faltava limpar, lapidar as cenas, afinar a luz, ajustar figurinos, melhorar a maquiagem, além de algumas alterações que meu pai certamente faria até a estreia, por conta de seu preciosismo.

O espetáculo começava com um filme sendo projetado num tecido grande de algodão cru que separava o palco dos bastidores, com cenas dos sertões deste país, de pessoas simples, sofridas, posando em diversas situações, sozinhas ou com seus familiares, closadas – revelando as marcas prematuras do tempo – ou vistas de longe, dentro e fora de suas humildes casas de taipa. Tudo isso sem um único som. As imagens falavam por si só. Na última cena do filme, os dois violeiros cantadores, pai e filho – eu e o Valdir –, apareciam na parte inferior da tela, sentados, com suas malas e violões, como se estivessem em uma estradinha de terra de uma dessas pacatas cidadezinhas nordestinas, aguardando um transporte qualquer para trazê-los de volta. Aí a tela subia, somente ela, e a imagem dos dois violeiros fundia-se com os personagens já posicionados no palco, exatamente como no filme. A partir daí é que violeiro pai e violeiro filho começavam a interpretar, como se tivessem acabado de voltar daquela viagem pelos sertões do Brasil.

Meu pai é mesmo bom nisso. Pense num maestro regendo uma orquestra de instrumentos imaginários e conseguindo, ainda assim, tirar dos músicos uma interpretação fantástica. Tão fantástica, que a obra será ouvida e emocionará a plateia.

Meu pai é esse maestro.

E lá estava eu em meu quarto, contando meus botões, tentando dormir.

Quase onze horas da noite. Pensava sobre tudo, sobre mim, minha família, o teatro, a estreia, o violão, a escola, a Lígia, as novas amizades... Sentia-me feliz com as minhas conquistas.

Mas o dia seguinte era segunda-feira. A turminha do mal estaria em peso na sala de aula, com um ódio de cinco dias, guardado e multiplicado por cinco cabeças com uma sede descomunal de vingança. Ou não? Afinal, quase toda a classe passara a falar comigo, não havia mais aquele clima de gozação, de tiração de sarro para cima de mim, de desrespeito. No dia da minha *performance* já ficara claro um desentendimento entre os cinco principais membros da gangue. Não havia mais união entre eles. Laércio estava desmoralizado. E ainda rolava um papo sério de que ele sairia da escola, aliás, *eles* sairiam, o Felipe e o Sílvio também, pois aquela história do Carlos tinha sido contada pela metade. Eu sabia que ele não havia me contado tudo. O Laércio – diziam – foi além daquela surra que deu no Carlos, abusara dele também, no pior sentido da palavra, ajudado pelos outros dois covardes e sem-vergonhas. Fizeram com ele o que certamente pretendiam fazer comigo.

Senti o meu quarto girar e me vi no teto, sobre um imenso carpete verde. Era o projeto da Lígia. Que delícia seria poder rolar naquele carpete macio, enorme, só para mim!

"Pesquei" por alguns segundos... Reabri os olhos, assustado, pensando novamente na segunda-feira. Preocupação boba a minha. Até mesmo Marília já havia dado sinais de uma aproximação comigo. E a Margareth, então! Chegou a insinuar para Lígia que estava gostando de outro, que o Laércio já era, e que esse "outro" não tinha mais "cara de bocó"...

Diante disso tudo, por que temer o amanhã?

Onze e vinte da noite...

Voltei a pensar em Chaplin, em Marceau, em Tabó e em Bip e, de repente, vi a Torre Eiffel bem à minha frente... Estava em Paris...

A GRANDE SURPRESA

Estou em Paris. É difícil de acreditar, mas estou. Um novo começo, uma nova vida. Só que o tempo... – sei que é um velho chavão, mas deve ser dito – ...voa.

A Lígia me marcou num texto (partes dele, na verdade), dias atrás, numa rede social, atribuído a Shakespeare, e fez um comentário a respeito de uma antiga polêmica na internet sobre quem de fato é o autor desse texto: Shakespeare ou Veronica Shoffstall, uma poetisa inglesa que alguns dizem nem existir.

Os mais aficionados por Shakespeare comentam que essas palavras não foram escritas por ele, que é um texto apócrifo (não autêntico). E Lígia fecha o comentário dizendo que isso não vinha ao caso naquele momento, que o que importava mesmo é que o texto é muito verdadeiro:

Depois de algum tempo você aprende que nunca se deve dizer a uma criança que sonhos são bobagens; poucas coisas são tão humilhantes, e seria uma tragédia se ela acreditasse nisso. Você aprende que o tempo não pode voltar para trás. Portanto, plante seu jardim e decore sua alma, ao invés de esperar que alguém lhe traga flores. Nossas dúvidas são traidoras e nos fazem perder o bem que poderíamos conquistar, se não fosse o medo de tentar. E você aprende que pode suportar, que realmente é forte, e que pode ir mais longe depois de pensar que não pode mais. E que realmente a vida tem valor e que você tem valor diante da vida!"

Respondi para Lígia que achei o texto dez e que ia colocar nas redes sociais como sendo eu o verdadeiro autor. E ela: kkkkkkkkkkk.

Incrível! Parece que há pouco eu estava chutando o portão de casa e vendo aquele pobre cãozinho fugir de susto; a Dona Morta rindo de mim com aquela cara de zumbi que ela tinha; eu e a Lígia chupando picolé com o Ivanzinho na Praça dos Figos; a banana que devolvi ao Laércio e a escola inteira assistindo a tudo e depois aplaudindo; a barriga da Rosemarie afundando minhas bochechas rosadas; a sala de aula sem o Laércio e sem o Felipe – o Sílvio continuou na escola, mas mudou de classe; a estreia de *O canto do silêncio*, que foi muito elogiado e ficou em cartaz por quase cinco meses (o que já significa um grande reconhecimento do público); o fluxo contínuo de lágrimas que escorriam pelo rosto de meu pai (completamente emocionado), ao receber da classe teatral os prêmios de melhor roteiro e direção – ele dedicou a mim os troféus, pelo "estalo" que dei a ele; a ideia de estudar em Paris e minhas prazerosas aulas de francês; a minha festa de formatura, para a qual fui escolhido como representante de classe para fazer o discurso – isso mesmo: eu!; a Lígia, despedindo-se de todos para mudar-se para o Canadá – chorando feito um cão abandonado; eu, me despedindo de meus pais e de minha irmã para embarcar para Paris – até estranhei, pois só me lembro dela rindo, nunca a vi chorar tanto!

Tudo, tudo ficou para trás num piscar de olhos. Definitivamente, a famosa frase e filosofia de vida da minha mãe: "tudo passa, tudo passa...", aplica-se também ao que estou sentindo nesta hora. Uma década na história da vida da gente não é nada, absolutamente nada! E, no entanto, não conseguimos nos lembrar de tudo, de tanto que há para lembrar.

Ontem à noite minha mãe me chamou pela internet:

– Oi, filho! Preciso pedir uma coisa pra você...

– Oi, mãe! Pode pedir – respondi, rindo. Imaginei aqueles conselhos de mãe.

– Pra que você não saia de casa neste fim de semana, mais especificamente no sábado à tarde. Vai ter uma bela surpresa!

– Opa! Vai me mandar uma musse de banana? Duas? Três? – brinquei.

– Melhor que isso, filho!

– Melhor? Como? – retruquei – O que é que pode ser melhor que a musse de banana que você faz, mãe?

Ela riu. Vi sua cabeça pender para trás e me senti, com os olhos próximos do teclado, naqueles momentos em que ela me protegia em seu colo.

– Mas, por favor... – implorou – Sábado à tarde, ok? Não pode esquecer!

Fiquei curioso, óbvio. Mas não quis arriscar nenhum palpite sobre que tipo de surpresa minha mãe havia preparado para mim. Por que tinha que ser sábado à tarde? Por que não de manhã? Ou à noite? Por que não domingo?

Bom, eu tinha três dias para colocar as coisas da faculdade em ordem. Iria na quarta resolver alguns detalhes do meu projeto no Programa de Auxílio ao Projeto do Aluno, e na quinta e na sexta discutir como apresentá-lo, com o pessoal da Oficina de Criação. *O Teatro da Pantomima* era o tema de meu projeto.

Acordei tarde no sábado. Nem sei que horas eram, só sei que estava um bagaço! Havíamos exagerado na sexta, eu e meus amigos do apê. Resolvemos, depois de um dia duro na faculdade, esticar a noite jogando *videogame*. Fomos até as quatro da madrugada! Dei uma enrolada antes de me levantar, mas precisava ver a hora, pois alguma coisa me dizia que eu tinha um compromisso à tarde. Me espreguicei, e antes que a preguiça me dominasse, usei de todas as forças para esticar o braço e alcançar o celular que estava sobre a cadeira, ao lado da cama, junto com o *laptop*. Não foi nada fácil. Quase desisti da empreitada no meio do trajeto, mas consegui, finalmente, pegá-lo. Vi a hora. Levei o maior susto:

– *MERDE!* – gritei.

Já era quase meio-dia. De repente, me liguei.

– À TARDE, minha mãe me disse! Sábado à tarde! HOJE! – lembrei-me do compromisso.

Saltei da cama estabanado – tipo, encher uma bexiga e soltá-la no ar – e corri para o banheiro. Dei de cara com o espelho, como aquela vez no Brasil, na casa dos meus pais, ao voltar da minha explosão na escola como Bip; mas ao invés de um rosto pintado, vi uma cara inchada e torta, com os cabelos apontando em todas as direções. Parecia o Larry, dos Três Patetas, após uma cena de explosão. Lavei o rosto rapidamente, voltei para o quarto e dei uma geral, nele e em mim, e depois fui para a sala. Havia dois bilhetes afixados em nosso quadro de recados, pendurado na parede:

```
1. Fui pra casa da Anna. Enjoei de vocês, só
   volto amanhã. André.
2. Tabó, não pude lavar a louça! Tô atrasa-
   do. Quebra essa, tá? Au revoir! Pita.
```

Estava sozinho no apartamento. Já era quase uma hora da tarde. Comi um pedaço de queijo e tomei um copo de iogurte. Lavei toda a louça. "O Pita me deve uma...", pensei.

Nada de interfone, nada de encomenda. Aí, me dei conta de que poderia não ser uma encomenda, poderia ser meus pais e minha irmã vindo me visitar, passar uns dias comigo! "UAU!", gritei. Como não pensei nisso? Minha mãe vive me dizendo que estão guardando um dinheirinho para viajar para a Europa, conhecer Paris, vir me visitar. Era essa a surpresa, só podia ser!

Pensei em falar com eles pela internet. Depois achei melhor não, eu quebraria o barato deles. Decidi aguardar, fingir que não sabia de nada, porque sabendo ou não sabendo, seria sempre uma surpresa, eu daria pulos de felicidade ao vê-los na minha frente!

Sentei no sofá e liguei a TV. Desliguei. Aí, liguei de novo. Mas não havia nada interessante passando nela. Na verdade eu nem a estava vendo. Desliguei-a, definitivamente. Peguei o violão e comecei a tocar uma canção que ainda estava terminando de compor, e que falava sobre o medo. Eu queria transformar o significado dessa palavra em algo mais lúdico:

Me-do, mi-do, ré, mi, fá, sol, fá, mi
Transforme o medo em música
E descubra cedo que esse medo é
Me-do, mi-do...

Quando já estava prestes a escrever um novo verso da música, tocou o interfone. O susto foi tão grande que eu quase arrebentei uma corda do violão ao lançá-lo sobre o sofá, e o chinelo foi parar debaixo do *rack*. Corri para atender, imaginando ouvir a voz da minha mãe do outro lado. O interfone funcionava, mas era daqueles antigos, que distorcia um pouco a voz e a deixava meio distante, como se viesse de dentro de um túnel.

– Pronto? – falei, em português. Talvez devesse ter falado em francês.

Mas a resposta veio também em português:

– É o Tabó?

Havia uma certa felicidade no tom da voz (aveludada, como a de minha mãe). E também um certo sotaque, mas imaginei minha mãe tentando disfarçá-la.

– Quem é? – perguntei, fingindo não saber.

– É uma surpresa! – deu uma pequena pausa. – Podemos subir?

– Ok, vou abrir. Abriu? – perguntei.

– Sim! – ela respondeu.

Aí me toquei de que ela disse "podemos". Eram mesmo eles, a minha família! Fiquei eufórico. Peguei meu chinelo sob o *rack*, fui até a porta e esperei, até ouvi-los se aproximar. Quando a luz do corredor projetou a sombra deles por debaixo da porta, não aguentei, abri antes que batessem. Com os braços abertos e um sorriso gigante no rosto, gritei:

– BEM-VIND...!!!

Gelei, antes de completar a frase. Não era a minha família.

– Olá, Tabó! Você já sabia da gente? – a mulher me perguntou, meio admirada, meio decepcionada.

– ROSE...MARIE?! – exclamei, completamente desconcertado. Me senti, por alguns segundos, com quatro anos de idade.

Ela continuava linda! Nos abraçamos e depois ela me beijou no rosto. Eu correspondi.

– Você já é um homem feito! Que saudade!... – me disse, emocionada.

– Eu também, Rosemarie! Puxa, por essa eu não esperava! – respondi, ainda surpreso.

Rosemarie, que agora misturava o sotaque francês ao italiano, foi logo me apresentando a família:

– Este é o Enrico, Tabó. Meu marido.

– Prazer, Enrico! – estendi a mão. Seu sorriso me fez lembrar o de Andrea Bocelli.

– Muito prazer, Tabó! – ele respondeu, com um forte sotaque italiano.

– Esta daqui... é a Giovanna! A Gio!

Quando olhei para Giovanna, fiquei paralisado. Vi, na minha frente, a Rosemarie adolescente. Linda como a mae! Encantadoramente bela! Perdi totalmente o rebolado, não sabia o que falar.

– Prazer! – ela me disse, timidamente, me enfeitiçando ainda mais com seu sotaque italiano.

Demorei um pouco para responder "Igualmente!", meio atônito. Continuei a encarar seus olhos castanho-claros, iluminados. Sua mão encaixou-se tão naturalmente na minha, que parecia parte do meu corpo que eu havia perdido. Ela me deu um sorriso. Que vou guardar para o resto da minha vida!

– E esta daqui é a Francesca, Tabó, nossa caçulinha! – disse Rosemarie, abraçando a filha e empurrando-a para perto de mim.

Não esbocei qualquer sinal de vida.

– Tabó? – Insistiu Rosemarie. Depois riu, juntamente com Enrico.

– Ahn? – soltei a mão de Giovanna, meio sem graça. – Olá, Francesca!

Peguei-a no colo e lhe dei um abraço gostoso.

– Você é muito linda, sabia? – olhei para Francesca, mas meio que dividindo o olhar com a Giovanna.

– *Grazie*! – agradeceu Francesca, em italiano, uma vozinha deliciosa. Se ela entendeu o que eu disse é porque Rosemarie certamente ensinava a ela também o português.

Entramos no apartamento. Ouvi a internet chamar. Parece que minha mãe calculou bem o tempo: era ela, querendo saber se a surpresa já havia chegado e qual foi a minha reação. Levei o *laptop* para a sala e ficamos todos ali, ao redor da pequena mesa de centro conversando sobre um monte de coisas, por, no mínimo, uma hora. Foi divertido. Depois, demos um tchau para minha mãe e saí da internet. Vez ou outra eu buscava o rosto da Giovanna e percebia que ela também me olhava com o rabo dos olhos, ainda tímida.

Mostrei minhas composições, meus projetos da faculdade, tudo o que estava aprendendo sobre pantomima. Queria, no fundo, chamar a atenção de Giovanna, mostrar a ela que eu tinha sonhos e que sonhos não são bobagens!

– Tabó? Quer ver uma coisa? – perguntou Rosemarie.

Ela chamou Francesca e pediu a ela que me mostrasse o que aprendeu a fazer. Francesca, envergonhada, abraçou a mãe e fez não com a cabeça.

– Mostra, Francesca! *Per favore*! – insistiu Enrico.

Não teve jeito. Ela se agarrou ainda mais forte em Rosemarie. Resolvemos, então, sair para comer alguma coisa, pois minha barriga já anunciava uma fome de uma semana. Rosemarie iria voltar para a casa dos pais, em Chartres, mas ainda nos encontraríamos mais vezes, pois ela pretendia ficar em Paris por pelo menos quinze dias. Me convidou para passar alguns dias com eles na Itália durante as férias, antes de ir ao Brasil, e eu, mais que depressa aceitei. Estava muito, muito feliz!

Quando voltamos do restaurante, nos despedimos. Era apenas um tchau, pois logo nos encontraríamos novamente. Enrico ligou o carro e foi saindo, devagar. Rosemarie ficou me acenando com as mãos, enquanto Giovanna me olhava de um jeito carinhoso, com os dedos próximos ao rosto e à janela, mexendo-se levemente num tchau. Parecia um pouco triste em se afastar, e essa tristeza dela me fez bem. De repente, o carro parou e deu marcha a ré, até chegar perto de mim. Estranhei. Rosemarie desceu do carro com a Francesca e gritou, numa alegria só:

– ELA RESOLVEU TE MOSTRAR, TABÓ!

Francesca olhou para mim, levantou a mão direita e, graciosamente, movimentando o dedo indicador como se ele fosse uma minhoquinha flutuante, disse:

– *E o cocozinho voando...*

MARCOS ARTHUR

A música é a minha primeira paixão; a segunda, pintar e escrever. *O avô de Arthurzinho tocava moedroca* foi meu primeiro livro infantojuvenil, publicado em 2014, pela Edebê. Ao escrever *Entre silêncios e gestos*, tive que trazer de volta alguns fantasmas da infância, medos que enfrentei com a ajuda da música e das artes plásticas. Superar coisas que nos apavoram, nossos medos, não é nada fácil, mas Tabó, em gestos precisos, nos dá um toque silencioso de que isso é possível. A luta que ele trava contra a timidez e as gozações que sofre, o leva a uma reação espetacular, extravasando-se como mímico e atraindo uma escola inteira.

ALEXANDRE MATOS

Sou artista plástico e ilustrador, de São Paulo. Ilustrei este livro da perspectiva de um espectador, que assistia em um teatro à narrativa de Tabó. Nessas ilustrações a luz também foi um personagem: conforme ela se aproximava, revelava um pouco mais de Tabó. Além desta obra, ilustrei romances de João Gilberto Noll, Santiago Nazarian e Ricardo Ramos. Expus em mostras dentro e fora do Brasil. Em 2011 tive o prazer de participar de uma exposição na Holanda, junto de artistas como Yoko Ono e Sol LeWitt - de quem sou fã. Um pouco mais do meu trabalho pode ser conferido no *site* http://alexandrematos.com

Este livro foi composto com a família tipográfica
Chaparral Pro, pela Editora do Brasil, em maio de 2016.